装幀――クラフト・エヴィング商會［吉田浩美・吉田篤弘］
イラスト――著者

鯨オーケストラ

サイレント・ラジオ

ON AIR

人は皆、未来に旅をする。

人生は旅なのだ、と父から教わった。

現に父の人生の大半は船に乗って旅をすることに終始していたが、船乗りであったわけではない。客船の中でジャズを演奏する楽団の一員だった。

クラリネットを吹いていた。

父がクラリネット奏者になったのはベニー・グッドマンに憧《あこが》れていたからで、旅を終えて次の旅に出るまでのあいだ、父は自分で淹《い》れたコーヒーを飲みながら、リビングにある古びたステレオ装置でベニー・グッドマンのレコードを聴いていた。おかげで、僕も物心ついたときからベニー・グッドマンが奏でるクラリネットの音色に親しんでいた。

町のローカルFMラジオ局で深夜の番組を担当することが決まったとき、オープニングのテーマ・ソングをベニー・グッドマンの曲にするかどうかでずいぶん迷った。あらためて父の遺《のこ》したレコードを片っ端から聴いてみたのだが、どれもしっくりこない。それはおそらく、楽曲や演奏の問題ではなく、もういい加減、父から離れて物事を決めたかったからだろう。

「深夜一時から二時までの一時間番組です」

ディレクターのマナミさんが、打ち合わせの席でおもむろに口を開いた。

「その一時間を曽我《そが》さんの好きなようにおしゃべりと音楽で埋めてください」

これまで、「声」の仕事を自分の天職だと思ってきた。テレビやラジオのナレーションや朗読が主で、短期間ではあったけれど、ディスク・ジョッキーの経験もある。が、自分の名を冠した番組を持つのは初めてだった。なおかつ、そこがローカルFMの気安さなのか、番組の名前から始まって、テーマ・ソングやジングルも自分で決め、そればかりか、全体の構成やトークの合間に流す音楽まで決めていいとのことだった。

「曽我さんの部屋に招かれて、曽我さんのおしゃべりを聞いて一緒に音楽を楽しむ――そんな番組にしたいんです」

僕自身、そんな番組を持ちたいと願っていた。それまで自分の名前は隅の方に小さくクレジットされるだけだったが、番組の名前を〈サイレント・ラジオ〉にしたいとマナミさんに伝えると、後日、発表されたリリースに、

〈ソガ・テツオのサイレント・ラジオ〉

と記されていた。

限られた地域――ひとつの町に向けて放送されるものであるとはいえ、自分の名前がそこに刻まれたことで、ようやく父から解放されるのだと身も心も軽くなった。

オープニングのテーマ・ソングはトッド・ラングレンの「Be Nice To Me」に決めた。ひと昔前のこと、父の影響で聴いてきたジャズから離れ、町の中古レコード屋でロックやポップスのレコードを買いあさっていたときに出会った曲だ。レコード・ジャケットの写真は、こちらに背を向けてピアノを弾いているトッド・ラングレンが、青黒い空気の中で首吊《くびつ》り用のロープを首に巻いているというものだった。どうしてそんなジャケットに惹《ひ》かれたのか分からない。もしかすると、そのときの僕は、それまでの自分を葬ってしまいたかったのかもしれない。

レコード屋の店主に試聴をお願いすると、店主は黙って頷《うなず》いて、B面の三曲目——それが「Be Nice To Me」だった——に針をおろした。これまた、どうしてなのか分からない。普通はA面の一曲目に針をおろすように思うが、店内に流れ出したのは、にぎやかな曲調のA面の一曲目ではなく、おだやかなゆったりとしたテンポのB面の三曲目だった。

いま思えば、それまでの自分を葬って、次なる自分を模索していたのだから、盤を裏返したB面の三曲目に胸を打たれたのは、しかるべき偶然であったのだろう。

そんなふうにして、自分のラジオ番組が始まった。深夜の片隅に一人で座り、誰かに向けてというより、町に向かって、なるべく静かな声で語りかけた。にぎやかな音楽で始めるのではなく、ともすれば眠気を誘うほどおだやかな曲から始め、その音楽が醸し出すトーンから外れないように声を保った。

夜ふかしの皆様、今晩は。曽我哲生《てつお》です。

FMニシジマがお送りします、〈ソガ・テツオのサイレント・ラジオ〉。

いかがお過ごしでしょうか。今夜も真夜中の一時間、気ままなおしゃべりと音楽をお楽しみいただけましたら幸いです。

くつろいでお聴きください。

静かな声でお届けいたします――。


もともと、僕は静かな声を担当してきた。

「静かな声」という言い方はおかしな表現かもしれないが、生まれ持って授かった声の質が、どんな表現にふさわしいか、こちらの意思とは関係なく決められてしまう。映像作品においても、音だけが放送される番組においても、僕の声は静かなナレーションやおだやかな朗読、といったものをもとめられた。


町の名は西島《にしじま》町という。町を貫く川が海に出て行くところ――河口の町だ。すぐ隣は大きな港町で、父が船に乗るようになったのも、港町のライブハウスで演奏していたときにスカウトされたのがきっかけだった。つまり、僕が生を享《う》けて、いまも暮らしているこの町は、いつでも海につながっている町と言っていい。

昔から変わらず、港町に比べて地味で静かで雑然としている。いや、昔から変わらないというのは正しくないかもしれない。この町で三十三年も暮らしていると、ふと、何かが消えているのに気づく。

モノレールがいつ廃止になったのか忘れてしまったが、町を流れる川と交差するように高いところを走っていた。いまはもう走っていない。走っていないけれど、そのレール――と言うのだろうか――と駅は廃墟《はいきょ》となって、部分的に残されている。断言はできないが、たぶん残されているんだと思う。なぜ、断言できないかと言うと、自分にはもうひとつよく見えないからで、それはどうやら、新調した眼鏡の度がうまく合わないからだ。

「お前は、どっちにしろ世の中をしっかり見ていないからね」

いつだったか、眼科医の友人に指摘されたことがある。

「仮に度を合わせても、はたして、すっきりと見えているのか、大いに疑わしいよ」

返す言葉が見つからなかった。

とはいえ、町を歩いても、どことなく風景が歪《ゆが》んで見えるのはいただけない。

でも、きっとそれでいいのだ。もし、何ら申し分なく町を見渡せたとしても、たとえば、そこに映るのは、すでに廃墟と化したモノレールの駅の、ひび割れと埃《ほこり》と残骸《ざんがい》だ。

子供の頃の景色は、そうして風化してしまった。

だから、もういい。眼鏡の度が合わなくても。

（だよね？）

（ええ、それでいいと思います）

ベニーの魂と話し合って決めたのだ。

ラジオに沈黙は禁物だが、番組の名を〈サイレント・ラジオ〉＝沈黙ラジオと名づけたのは、深夜の西島町に――この静かな河口の町に向かって語りかけるときに、

（沈黙や静けさを乱さないようにするのがいいですよ）

とベニーの魂が助言してくれたからだ。

ベニーは父が拾ってきた犬だった。言うまでもなく、彼の名前はベニー・グッドマンから頂いたもので、町の中のいちばん海に近いところ――紡績工場が撤去されたあとの、大きな空き地に段ボール箱に入れられて捨てられていた。チョコレート色の雑種犬で、父は彼を工場の空き地でクラリネットの練習をしているときに見つけたらしい。

「こいつはいい犬だ。いい魂を持ってる」

父の判断基準はじつに明快だった。そこに魂があるかどうか。ただそれだけだ。ベニーにはそれがあり、父が愛用したクラリネットにもそれがあった。

父が亡くなったあと、ベニーはすっかり妹の菜緒《なお》に寄り添っていた。それはそうかもしれない。父は旅に出たきり、あらかた家にいなかったのだし、その間、ベニーを散歩に連れ出して世話をしていたのは妹だった。

だから、ベニーがこの世を去ったとき、妹は父が亡くなったときよりも取り乱して、三日分の記憶を失ってしまった。家を出たきり帰ってこないので、探してまわると、海に近い〈羽宮《はねみや》橋〉の欄干《らんかん》にもたれて、川の流れを見つめていた。

僕はと言えば、ベニーの写真は片手で数えられるくらいしか保存していない。しかも、そのいずれもが、こちらに背を向けた後ろ姿をとらえたものだった。にもかかわらず、何をどう間違えたのか、ベニーの魂は、妹ではなく僕の中に入り込んだ。

この話は誰にもしたことがない。話したところで理解を得られないし、理解を得たとしても、こちらが望むような正しい理解であるとは思えない。

ずっと長いことそばにいた犬がいなくなって、いなくなった直後に、その魂だけが自分の中に入り込んできた。そんなはずはないと分かっている。分かってはいるが、ベニーの魂は、ときどき僕に話しかけてくる。

彼は僕が混乱したり、どうしていいか分からなくなったとき、胸の真ん中あたりに少年のような声を響かせる。もちろん、その声は僕にしか聞こえていない。

（ラジオを始めるなら、沈黙や静けさを乱さないようにするのがいいですよ）

ベニーの魂は確かにそう言った。

僕もそう思っていた。

だから、迷うことなく、〈サイレント・ラジオ〉という響きに思いを託した。

＊

ベニーが天に召された日のことはよく覚えている。ちょっとした事件があったからだ。落ち着かない天気の日で、なにより川の増水が著しかった。夕方を過ぎて、より激しさを増し、事件は夜になって起きるべくして起きた。詳細は知らない。ベニーが息を引き取ったことの方が、我が家では一大事だったからだ。

でも、何が起きたのか、おおよそのところは知っている。

少年が二人、川に流されてきた。それ自体は西島町の歴史において、さほどめずらしいことではない。異例だったのは、彼らが結構な距離を流されてきたということと、二人とも無事であったということだ。

実際には、少年は三人いて、一人だけ行方不明になったという噂《うわさ》も耳にした。でも、僕は詳細を知らないので、本当のところは分からない。いずれにしても、二人の少年が救出されたちょうどそのころ、ついにベニーの命が幕を閉じ、最後に大きなため息をついて、その口から魂が抜け出たように思えた。さらには、その抜け出た魂が、僕の中に入り込んだと感じたのは、

(もう少しここにいてもいいですか)

という声が胸の真ん中から聞こえたような気がしたからだ。

(少しだけなら)

と僕は答えた。少しだけならいいけれど、いずれ魂は天に昇る必要がある——そう思っ

ていた。

そのとき僕は十七歳だった。十七歳なら、もう少しまともな考えを持つべきだったと思う。毅然《きぜん》とした態度で、(それは駄目だよ)と答えるべきだったかもしれない。

結局、「少しだけ」が、「あと少し」「もう少し」と引きのばされて現在に至り、十七歳だった自分は、すでにその倍の年齢に近づいている。

それなのに、いまだに十七歳のときと変わることなく、ハンバーガーを食べつづけているのはどうなんだろう。

〈バーガー・ログ〉は、ベニーではなく妹のアドバイスで始めたものだ。

「兄さんも、そろそろ、名前と顔を覚えてもらうために、何か始めた方がいいんじゃない? なんだかんだ言っても、人気商売なんだし」

それは自分でも気づいていた。「人気」という言葉には抵抗があったが、名が知れ渡れば、仕事が増えるかもしれず、声だけではなく、顔も見ていただいた方が、より名前を覚えてもらえる。

「兄さんから仕事を取り除いたら何が残るの?」

「そうだな——ハンバーガーかな」

自分でも驚くほどの速さで即答していた。もし、ハンバーガーを食べたり研究したりすることで生計を立てられるのなら、とっくの昔にそうしていた。

「あのね、お金は入ってこないかもしれないけど、ハンバーガーを食べることで、世の中の皆さんに、兄さんの名前を覚えてもらえるかもしれないから」

「本当に？」

そんなうまい話があるだろうか。

「それが、あるのよ」

妹はとても頭の回転が速いので、僕よりも遥《はる》かにするすると話した。

「いい？　ブログを書くの。〈ソガ・テツオのアイ・ラブ・ハンバーガー〉とか、そんな感じでいいから。日本中のおいしいハンバーガーを食べ歩いて記録していくの。写真を載せてね。ハンバーガーだけじゃなく、兄さんの顔もよ」

妹は母に似ていて、じつに鋭い直感を備えていた。ときどき実家に帰ると、母と妹と二人がかりで次々と「直感」をぶつけてくる。

「兄さんはいま、仕事に行き詰まってる。そうじゃない？」

「母さんは分かってるの。哲生はお父さんの呪縛《じゅばく》から抜け出したいんでしょう?」

「でも、どうしても抜け出せない」

「自分を変えたいけど、変えられない」

「そして、そんな自分に嫌気がさしてる――」

どれも当たっていた。否定できない。特に妹の言うことは無視できなかった。〈アイ・ラブ・ハンバーガー〉というのはさすがにどうかと思ったが、ハンバーガーを食べ歩いてブログを書くのはいかにも魅力的だった。「すぐにでも始める」と宣言し、妹がお膳立《ぜんだ》てしてくれたおかげで、わずか一週間後には始めていた。

ブログの名は、シンプルに〈バーガー・ログ〉と名付け、「ブログじゃなくてログなの?」という妹の問いに、

「ログという言葉の由来は、『航海日誌』なんだよ」

と説いた。

「それって、もしかして――」

妹は心なしか顔が曇っていた。

「そう。親父が書いていた旅の記録のノート。〈白黒オーケストラのログ〉っていうタイ

トルで」

「やっぱり、お父さんなんだ」

まぁ、たしかに認めざるを得ない。二人の直感どおり、自分でも気づかぬうちに、いつのまにか父を踏襲している。「ログ」の二文字を引き継いだのは小さな踏襲だろうが、父が亡くなったあと、父が率いていた楽団――〈モノクローム・オーケストラ〉という名前だ――で父の代わりにクラリネットを吹くようになった。

僕はそれをまったく喜んで引き受けた。ともすれば、そうなることをどこか予感していたようにも思う。いつか、父がクラリネットを吹けなくなったときは、自分が代役をつとめる。十歳で初めてクラリネットを吹いたときからそう思っていた。

率直に言ってしまえば、僕はいつでも父になりたかった。父がベニー・グッドマンに憧れていたように、僕は父に憧れてクラリネットを習い始めたのだ。

現在、〈モノクローム・オーケストラ〉のメンバーは、僕以外、全員が六十五歳以上だ。七十歳を超えているメンバーもいる。演目の多くは、一世紀近く前に作られたクラシックなジャズか、ジャズ風のアレンジが施されたポピュラー・ミュージックだ。彼らと演奏していると、ときどき自分が自分なのか父なのか分からなくなる。船に乗って演奏する機会こそなくなったが、楽団はどうにか健在で、港町のジャズ・バーや、定期的に催されるイベントに招《よ》ばれて演奏してきた。

メンバーはどんなときも冗談を飛ばし合い、ときに冗談を飛び越えて、辛辣《しんらつ》な言葉をこちらへ投げかけてくる。

「そういえば、テツオ君――」

ベースの水越《みずこし》さんから練習のあとに言われた。

「お前さんが、このあいだブログに書いていたハンバーガー屋だけどね、星を四つも付けていたんで食べに行ってみたんだが、ちっとも美味しくなかったぞ。よくよく訊《き》いてみたら、お前さんの知り合いの店だっていうじゃないか。そうなのか？　それで、採点が甘くなったのか」

「すみません、お口に合わなくて」

恐縮して頭を下げると、

「いや、あれは誰の口にも合わんだろう」

水越さんの言うとおりだった。

「二度とあんな甘い点数をつけちゃだめだぞ。なにごとも信用が第一なんだから」

その一件以来、〈バーガー・ログ〉は開店休業となった。

それなりに閲覧者も多く、妹の直感どおり、少しずつ名前を覚えてもらえるようになっていた。ラジオを始めることができたのも、〈バーガー・ログ〉が、ちょっとした人気を博したことが背景にあったかもしれない。

でも、水越さんの忠告は尾を引き、そのうち、本当に美味しいハンバーガーとはどんなものであるのか分からなくなっていた。

それにしても、こうして我が身を顧《かえり》みると、その中心に、自分の「静かな声」があるのは確かであるとはいえ、思いのほか、にぎやかな声に囲まれている。

矢継ぎ早に母と妹の直感に打たれ、〈モノクローム・オーケストラ〉のメンバーからは辛辣な洗礼を受けている。ぼんやりしていると、ベニーの魂が話しかけてくるし——。

それでも、毎週水曜日の深夜になると、一人でマイクに向かって、〈サイレント・ラジオ〉を始める。にぎやかな声を遠ざけ、静かな時間を手もとに引き寄せて、沈黙の中に身をひそめる。首吊り男のジャケットからレコードを取り出し、息をつめて、B面の三曲目に針をおろす。

番組で流す音楽は、すべて自分のレコード棚から選んできたものだ。あらかじめ録音しておいたものを流すのではなく、その場で本当にレコードを回している。

棚に並んだレコードには父のレコードもあった。稀《まれ》に傷がついている盤があり、針がとんで聴けなくなってしまったものもある。

針がとんで、音がスキップするその一瞬、見えない何ものかが、こちらに合図を送ってきたような気がして、思わず、あたりを見まわしてしまう。

「人生は旅だ」

父が記した航海日誌、〈白黒オーケストラのログ〉には、何度もその一行が登場する。では、いったい自分はいま、人生の旅のどのあたりを通過しているのか。何を目印にして、どちらへ向かって進めばいいのか。

夜ふかしの皆様、今晩は——とマイクに向かって町に語りかける。

少し声が震えているかもしれない。

くつろいでお聴きください。
静かな声でお届けいたします——。

絵の中の自分

鯨オーケストラ

思えば、自分の視力が正常に機能していると実感したことがない。

ずっとそうだった。どうしてか、眼鏡の度がうまく合わず、それだけではなく、もっと心情的な問題として、視界に映り込むものと自分の認識が嚙《か》み合わなかった。

自分は、あらゆるものを正確に捉《とら》えていない。いつでも、そんなジレンマを抱えてきた。


「さて、それはどうだろうな——」

眼科医の友人であるタクマに諭された。

「医者として言わせてもらうと、アンタの眼はあらゆるものを正しく捉えているんじゃないかな。ごく普通に視力は機能してるし」

タクマは無造作に白衣の袖《そで》をまくりあげた。

「だけど、俺の見ている世界とアンタの見ている世界が、完全にイコールで結ばれることはない。だから、何が正しいのかは誰にも分からん。というか、こいつには答えがないんだよ」

それはよく分かっていた。分かってはいるが、答えがないからこそ、つい考えてしまう。

人は自分の眼を自分の眼で見ることができない。

もちろん、鏡に映して見ることはできるが、それはあくまで、鏡に映ったさかさまの眼だ。

「いや、それを言うなら、眼だけじゃないだろう」

タクマが自らの顔を指さした。

「口も鼻も耳も——あとは何だ?——そう、背中だって、鏡なしでは見られない」

いや、そうじゃなく、もっと心情的な問題だった。眼が眼を見られないように、「あるもの」は「あるもの」自身を見られない。そのことが、ずっと引っかかっていた。

つまり、僕の眼は僕の眼を見たことがないのだから、「きっと、ぼんやりした眼に違いない」と思い込んでいるだけなのだ。

「ぼんやりなんかしてないわ」

その昔、僕の眼をまっすぐに見て、そう言ってくれた人がいた。

多々《たた》さんだ。

「あなたの眼は、ぼんやりしているんじゃなくてね、ずっと遠くの方まで見ているんだと思う」

多々さんは僕が中学生のときから通いつめていた港町の映画館――〈銀星座《ぎんせいざ》〉の劇場窓口で働いていた。

「わたしの肩書きは、『もぎり嬢』よ。もう、お嬢さんと呼ばれる年齢ではないけどね」

僕には、多々さんがいるところ、すなわち、劇場の窓口が特別な場所に見えた。

というより、僕には〈銀星座〉という古びた映画館そのものが特別な場所で、港町の裏通りに面して建っていたのだが、そこだけ別の時間と空間が組み込まれているように感じられた。そもそも、映画館の暗がりで目にするものは、ここではないどこか別の時間の別の場所で起きたことなのだから、当然といえば当然かもしれない。

でも、そうした別世界の入口が劇場の窓口であり、生まれたときからずっとそこでそうしているといった風情で、いつも多々さんが座っていた。だから、お金がないときは、窓口で多々さんと話をするだけでよかった。そのわずかな時間で、特別な何かを味わえた。

「こんにちは」と声をかけると、

「こんにちは」と声を返してくれる。

僕は多々さんの声を聞きたかった。そもそも、声というものに興味を抱くようになったのは、窓口の中からくぐもって聞こえる多々さんの声と、その奥の暗がりの中に響く声——スクリーンから聞こえてくる声に魅《ひ》かれたからだ。

そのころは、よもや自分が声の仕事をするようになるとは微塵《みじん》も思っていなかったが、おかしなことに、僕はあの映画館に通って、何かを観《み》た記憶より、何かを聴いた記憶の方があざやかによみがえる。なにしろ、僕の眼はスクリーンに映るものをしっかり捉えていなかったのだから、すべてが、どことなくぼんやりとしてピントが合わなかった。

最初のうち、映画館が古びているせいで、フィルムもぼやけているのだと思っていた。でも、多々さんに、「今日の映画はどうだった？」と訊かれるたび、「ちょっとぼやけていた」と僕が答えるので、おかしいのはフィルムではなく視力のせいなのだと多々さんが気がついた。

「ソガ君は眼鏡をかけた方がいいのかもね」

それで、そのとき初めて〈卓馬《たくま》眼科院〉の患者になったのだが、まだタクマの父親が健在で、いまのタクマとそっくり同じ声、同じ顔で、「アンタの眼はね」と中学生の僕に診断を下した。

「アンタの眼は、とても面白いよ」

それがどういう意味であったのか、いまだによく分からない。ただ、似たようなことを多々さんも言っていた。

「ソガ君の眼は、他の人とぜんぜん違って、すごく面白い。なんて言うのかな——遠い遠い昔の方と、はるか彼方《かなた》の未来の両方を見ている感じ」

やはり、意味が分からなかった。

「どっちにしろ、僕には僕の眼が見えないんです」

「じゃあ、わたしが見せてあげようか」

多々さんは、あっさりとそう言った。

「あなたを描《か》いてあげる」

それもまた、最初は意味が分からなかったが、

「わたし、冗談で言ってるんじゃないの。本当を言うと、ソガ君の眼をずっと描きたいと

思ってたのよ」

多々さんは僕の眼をじっと見ていた。こちらをじっと見ている多々さんの眼はとても澄んでいて、それこそ僕にははかり知れない、この世とは違う別の世界を見通せるように見えた。そんな眼に見つめられて、

「描かせて」

と懇願されたら、意味が分からなくても、誰だって首を縦に振ってしまう。

「じゃあ、わたしのアトリエに来てくれる？」

そのときまで、多々さんが絵を描く人であると知らなかった。

多々さんのアトリエ——それは小ぢんまりとした一軒家だった——に足を踏み入れると、見覚えのある映画館の看板絵が何枚も壁に立てかけられていた。

「そうなの」

多々さんはどこか不服そうにそれらを眺めていた。

「これが、わたしのもうひとつの仕事」

そういえば、〈銀星座〉の正面玄関に掲げられた「ただいま上映中」の看板には、俳優

たちのポートレートや映画の一場面を描いた手描きの絵があしらわれていた。

「でも、それはあくまで映画を宣伝するためのものでね、決して、わたしが描きたい絵ではないの。わたしが描きたいのはね——」

アトリエの隅から取り出してきた何枚かの小ぶりな絵は、見慣れた看板絵とは、まるで印象が違う写実的なものだった。

「こんなふうにソガ君を描きたいんだけど」

そのとき僕は十七歳だった。ちょうど、ベニーの魂が自分の中に入り込んできた頃で、なんとなく話の流れで多々さんのアトリエを訪ねてしまったが、いざとなると、自分が絵のモデルをするなんて、いかにもおそれ多いことに思えた。

「本当に僕でいいんでしょうか」

「だって、見たいんでしょう？　自分の眼を」

「ええ、そうなんですけど——」

アトリエの窓から川が見えた。そこは、川沿いの道を西島町から堺町《さかい》へのぼったところで、家からゆっくり歩いて二十分ほどのところだった。静かな住宅街の中を、川がほんの少し蛇行しながら流れている。だから、そこが自分の生まれ育ったテリトリーとひとつながりのところであると、よくよく分かってはいたのだが、映画館の劇場窓口が特別な場所であったように、多々さんのアトリエは、知らない世界に参入する窓口であるかのように思えた。

そこでしかし、記憶は一旦《いったん》、途絶える。

それから多々さんが、どんなふうに画材やキャンバスを準備したのか、どんな心持ちで、僕は多々さんに向き合ったのか、最初の日の肝心な記憶が抜け落ちている。たぶん、極度の緊張で頭の中が空っぽになってしまったのだろう。

ただひとつ覚えているのは、窓の向こうのすぐそこに川が流れているという、それこそ一幅の絵画を思わせる記憶だった。

その流動する水のイメージが、安らぎと不安を同時にもたらしていた。

それから週に一度か二度、多々さんの仕事が休みの日に、アトリエに通ってモデルをつとめた。学校の帰りにそのまま立ち寄ったり、ときには、土曜日や日曜日に午前中から始めることもあった。絵を描いているあいだ、多々さんは何も言わず、当然ながら、僕も黙っていた。それはとても残念なことで、できれば、少しでも長く多々さんの声を聞いていたかった。

低めで適度な重みがあり、ところどころ、言葉が鼻へ抜けて声色が二重になるような一瞬がある。穏やかでありながら説得力があり、こちらがどんな状態にあっても、その声が水のように体に染み渡った。

もし、多々さんが、「皆さん、今晩は」とラジオのＤＪをしていたら、僕は熱心なリスナーになっていたに違いない。


きっと、そうした連想がマイクの前に座った自分を動かしていたのだろう。

いつもどおり、

「夜ふかしの皆様、今晩は」

と番組を始め、フリートークの時間になったとき、自然と多々さんの話をしていた。もちろん、名前は伏せてＴさんとし、自分がこうして声の仕事をするようになったのは、あるいは、Ｔさんの声に魅かれていたからだとマイクに向かって話した。

（あれ、どうしてこんな話になったんだっけ）

そう思いながらも、修正のきかない生放送は、自分の中から湧《わ》き出てくる言葉に乗っていくしかない。

とは言っても、頭の中には冷静な自分がもうひとりいるわけで、放送時間の配分を鑑《かんが》み、映画館や劇場窓口の話はせず、Tさんの声の話だけをすればいいのだとセーブしていた。にもかかわらずだ。

にもかかわらず、口が勝手に動いて、Tさんが無名の画家であったことを明かし、

「そういうわけで、僕は十七歳のときに絵のモデルをしたことがあるんです」

と話していた。

モデルをしたのはその一度きりで、貴重な体験であったと思います。ただ、その絵が完成したあとどうなったのか、どこかに展示されたことがあるのか、それともTさんのアトリエに眠っているのか、そこのところは分かりません。

考えてみると不思議な話です。絵の中の自分は十七歳で、もし、あの絵がいまもどこかにあるとしたら、そこに十七歳の自分が閉じ込められているんですから――。

話しながら、(本当にそうだな)と冷静な自分が頷いていた。

あれから、あの絵はどうなったのか。

というより、多々さんはいまどこでどうしているのだろう。どこが記憶の最後であったか、順番が分からなくなる。

〈銀星座〉の閉館が決まり、映画館ごと、あの窓口と多々さんがいなくなってしまったのが最後だったか。それとも、ある日、ふと思いついて、川沿いに多々さんのアトリエまで歩いてみたら、アトリエのあった場所に、「多々」ではなく、知らない表札を掲げた真新しい家が建っているのを見つけて呆然《ぼうぜん》としたときだったか。

どちらが先だったか。

いずれにしても、多々さんは何も言い残すことなく、突然いなくなってしまった。

「ほら」と多々さんの声だけが、どこからか聞こえてくる。

「これがソガ君の眼だよ」

絵が完成したとき、多々さんは描き上がった絵を僕に見せ、

「ひとつもぼんやりなんかしていないでしょう？　前にも言ったけど、昔々と未来の両方を見ている眼なのよ」

僕には多々さんの言っている意味がもうひとつ分からなかったが、キャンバスに定着さ

れた自分の姿は、鏡の中に映る自分とはまるで違って見えた。

こんなふうに言うのはおかしなことだろうが、絵の中の自分はまるで生きているかのようで、絵の中に本物の自分が閉じ込められてしまったかのようだった。

だから、僕の眼はまさにこのとおりなのだろうと納得できた。

たしかに僕の眼が僕の眼を見ていた。

多々さんが見せてくれたのだ。

*

ラジオのいいところは——特にそれが生放送であった場合——どうしてこんな話をしてしまったんだろうと舌打ちすることがあっても、声はそれきり消えてしまうのだから、舌打ちもそれきりになることだ。

でも、熱心なリスナーというのが、有り難いことに僕の番組にもいらっしゃって、

「先日の放送を聴きました」

と、わざわざ葉書を送ってくださった方がいた。これがもし、メールで送られてきたも

のであったら、あるいは、とり上げることはなかったかもしれない。

「曽我さんが絵のモデルをされたことがあるというお話を聞き、ひとつ、思いあたることがありました」

惚《ほ》れ惚《ぼ》れとするくらい丁寧な字で書いてくださっていたので、思わず、全文を読み上げてしまった。

「曽我さんのことは、〈バーガー・ログ〉で知りました。わたしも食べ歩きが好きなので、とてもおいしそうにハンバーガーを食べている曽我さんの写真を拝見し、紹介されているお店を何軒か訪ねたこともあります。ですので、曽我さんが、どんなお顔をされているのか、なるほど、絵描きさんがモデルにしたくなるような男前でいらっしゃるのも存じ上げております。

そのうえで、先日の放送を聞き、半年ほど前に、とある美術館で出会った一枚の絵を思い出しました。

あれ？　この絵の中の人って、曽我さんによく似ているなぁ、と思ったのです。よく似ているというより、曽我さんではないのかな、と。

ただ、わたしは〈バーガー・ログ〉の写真でお見かけしているだけなので、はっきりしたことは分からないのですが、少なくとも、最近の曽我さんより若いように見えました。もしかして、若いときの曽我さん？　そう思ったのです。

でも、そのときはそれまででした。この世には自分とよく似た人が三人いると言いますし、現にわたしの顔はわたしが飼っているボーダー・コリーのアガサとよく似ています。

すみません、余計なことを書きました。でも、もし曽我さんが番組でおっしゃっていた絵をお探しなのでしたら、もしかして、もしかするかもしれません。

仮に違っていたとしても、やはり世の中には自分とよく似た人がいるものだなぁと実感できるかと思います」

放送を終えたあとで気づいたのだが、葉書の隅に小さな字で、「とある美術館」の名前と住所が書き添えられていた。

知らない美術館だった。

どうしてだろう。その美術館を自分が知らないということが逆に気になった。

もし、この葉書を書いてくれたリスナーが言うとおり、その美術館に展示されていた絵が多々さんが描いた「十七歳の自分」であったとしたら、なんというか、自分の知らないところに十七歳の自分が――自分の分身が迷い込んでいるような、そんな気がしたのだ。

まったく、おかしな話だ。単に自分がその美術館を知らないだけで、どう考えても、一般的にはよく知られているに違いない。もしかすると、半年前の展示は多々さんの展覧会であったかもしれず、であるなら、これを機に多々さんとの再会が叶《かな》うかもしれない。

それにしても、自分の知らないところで自分の顔が取り沙汰《ざた》されているのが妙だった。

「もっと顔を売らなきゃ」

そう言ったのは妹だが、僕が売りものにしたいのは自分の声であって顔ではない。件《くだん》の熱心なリスナーは、僕の顔を「男前」などと書いていたが、これまで一度としてそんなふうに言われたことはない。

「お父さんによく似ているね」

「親父さんが化けて出てきたのかと思ったよ」

「ああ、そうか、君は息子の方だったのか」

たいてい、そんな感じだ。

では、父は男前だったのかというと、そういうわけでもない。人望は厚かったと思う。なにしろ、楽団のリーダーだったし、メンバーは皆、父を慕っていた。

リーダー・シップ、キャプテンシー、統制力、指導力——父に備わっていたものが自分にはまったく欠けている。妹にもたびたび指摘されていた。

「兄さん、最近、ネットでバーガー・マイスターとか言われてるみたいよ」

「マイスター？」

「いや、だから、ハンバーガーのことなら俺に任せておけってことじゃない？」

それは、はたして喜ばしいことなんだろうか。たしかにハンバーガーが好物であることは間違いないけれど、マイスターなどと呼ばれるほど精通しているかどうかは分からない。たぶん、そこまでじゃない。はっきり言って、食べ歩きについても懐疑的で、単に子供の頃に食べたハンバーガーが忘れられず、あの味をもう一度味わいたいだけなのだ。

あれは本当に素晴らしくおいしかった。

〈銀星座〉の近くにあった〈チャーリー〉という店で、チェーン店ではなく、店長はアジア系のイギリス人だった。詳しい事情は知らないが、何かよからぬことをしでかして誰かに追われていたらしく、チーズ・バーガーをつくっている途中で失踪《しっそう》し、そのまま行方をくらましてしまった。

あのチーズ・バーガーは掛け値なしに世界一おいしかった。つくりかけになってしまった最後のひとつを注文した客を心から気の毒に思う。もし、それが自分であったら、ひょっとすると、自ら「マイスター」を名乗って、あの店長を追いかけていたかもしれない。

まぁ、そこまでの情熱はないとしても、

「あのハンバーガーをもう一度」

と、つぶやくことはある。

どうやら、自分はいつでも何かを探していて、探すばかりで見つかったためしがない。

鯨オーケストラ

モカシンの深海魚

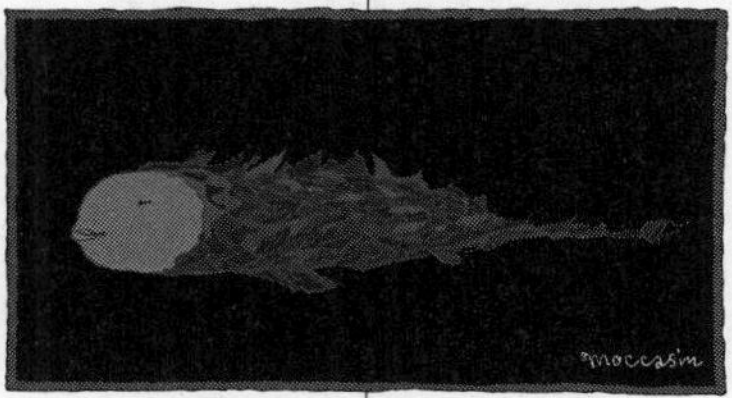

この前、美術館に行ったのはいつだったろう。

記憶にない。

絵を観るのは好きだったから、昔はもっと積極的に出かけて行ったものだ。いつから、行かなくなってしまったのだろう。

たぶん、余裕がなくなったのだ。「余裕」という言葉が適切でないとしたら、「余白」と言ったらいいだろうか。それは、色が塗り残されて余ったところ、という意味ではなく、まだ足を踏み入れていない、これからどうにでもなる可能性としての余白だ。

そんな余白を見失ってしまったということは、自分にはすでに可能性が残されていないということなのか。

いや、悲観するのはやめよう。なにしろ、十七歳の自分に会いに行くのだから。

もし、思わず番組で口走ってしまった記憶と、それに応《こた》えてくださったリスナーのお話がぴたりと重なっているのなら、これから出向く美術館に、十七歳の自分が描かれたあの絵が飾られていることになる。

半信半疑ではあった。長いあいだ、絵のことは忘れていたし、僕の顔はいたって特徴のない平凡な顔なのだ。自分によく似た人が、三人どころか三十人ぐらいいるのではないか。だから、他人の空似ということも大いに考えられ、そもそも、こうしたことは、そう簡単に結びつかない。いつからか、そう思っている。

しかし——、

(それは分かりませんよ)

胸の中に眠っているベニーが話しかけてきた。

(うまくいかないことがつづいていたら、そろそろ、うまくいくかもしれません)

ありがとう、ベニー。そう思うことにするよ。

それに、もし、問題の絵が、多々さんが描いてくれたあの絵でなかったとしても、僕にはたぶん、絵を観る時間のようなものが必要なのだろう。

その証拠に、教わった美術館のエントランスに辿《たど》り着くと、それだけでもう、「余白」

の快さに、こわばっていたものがゆるゆるとほどけていった。美術館は想像していたより広く、余白という言葉を用いるのがふさわしい、ゆったりとした空間だった。しかし、そうした豊かさに触れた途端、すぐに、自分の思惑が打ち砕かれることになった。

エントランスの一角に、ごく控えめに美術館の名前が刻まれた銘板があり、そのまま右手に視線を移すと、これもまた目立たない地味な配色による小ぶりなポスターが掲示されていた。

〈ポール・モカシン回顧展〉とある。

ポール・モカシン？　モカシンというのは、あの靴の名のモカシンだろうか。

我が楽団の要《かなめ》――ピアノの新田《にった》さんはモカシンの愛好家で、僕が知る限り、全シーズンを通して、モカシン以外の靴を履いているのを二度しか見たことがない。一度目は父の通夜で、二度目は父の告別式だった。その二度を除けば、新田さんと新田さんのモカシンは分かち難いひとつのものになっていた。

だから、もし新田さんにニックネームをつけるとしたら、「新田モカシン」で決まりだ。このポール・モカシンなる耳慣れない名前も、あるいは本名ではなく、モカシン好きが高じて、自ら名乗ったペンネームの類《たぐい》かもしれない。

いずれにしても、おそらく——というか確実に外国の画家であり、どう考えても、多々さんの作品が入り込む余地はないようだった。

もう少し、しっかり調べてくれればよかった。一応、ウェブ上の情報にはざっと目を通したのだが、パソコンの画面の中で結果を知ってしまうのは惜しいような気がしたのだ。心が躍っていたからである。

こんなこともまた、いつ以来だろう。記憶を探っても、すぐには見つからない。初めて、クラリネットを吹いたとき？　まさか、そんなところまでさかのぼるだろうか。

なんであれ、心が躍るときは、そこに自分の知らない世界が広がっている。自らの無知や経験不足を恥じ、わずかながらでも謙虚な気持ちになることで、未知の世界は、はかり知れない奥行きを備える。

十七歳の自分が描かれたあの絵と再会できるかもしれない——この思いがけない事態に心が躍っていた。だから、インターネットを通して美術館の展示情報を詳しく確認しなかった。そこに多々さんの名前が見つからなかったときの落胆を、椅子《いす》に座ったまま完結させたくなかったのだ。どうせなら、美術館まで赴き、そうした徒労を経た上で、（やはり違ったか）と肩を落とす方が本物の落胆を味わえる。

（やはり違ったか）

そうした予感があったのは否めない。

しかし、それを上まわる胸の高鳴りがあったのも否めなかった。

それに、自分がここまで来てしまったのは、この展示がすでに六ヶ月にわたってつづいていたからで、リスナーの「半年ほど前に」という言葉と照らし合わせて、いま展示している作品の中に、自分によく似た肖像画があるのではないかと安易に思い込んでいた。

ところが、いざ、展示の詳細を目の当たりにしてみると、どう考えても、多々さんのあの絵が展示されている可能性は低かった。

首を振って肩をすくめるしかない。

（それは分かりませんよ）

ベニーの声が胸の中でリフレインしていた。

そうだね、ベニー。せっかく、ここまで来たんだから、この「余白」を楽しまない手はない。むしろ、いまの自分に必要なのは「余白」を味わう時間で、十七歳の自分に再会するというのは感傷的なおまけに過ぎない。

純粋に美術館で絵を観る喜びを味わおう。

静かなエントランスを抜け、静かなチケット売り場で質素な入場券を買った。まったくと言っていいほど、音のしないロビーだった。自分の他には誰もいない。

窓から射《さ》し込む陽《ひ》の光がほどよく、このたったいまの瞬間を自分だけが享受している勿《もっ》体《たい》なさを、どう表現したらいいのか。

いや、「余白」の時間はもういい。ロビーの隅に置かれた「順路」の看板に従おう。

ロビーの明るさが、「順路」の立て看板の先の通路を進むにつれて絞られ、その細い通路の天井に埋め込まれたダウンライトはきわめて淡かった。

急速に暗さに飲み込まれる。

通路はすぐに直角に折れ、右手に現れた黒い壁にダウンライトとは別のスポットライトが当たっていた。その光の中に、画家の――すなわち、ポール・モカシン氏の紹介文が浮かんでいる。

ポール・モカシン　1967―2010

出生地は不明で、「北の方の海の近く」と自ら語っている。父親の転勤で「都会」へ移り、たまたま画材店でアルバイトを始めたのがきっかけとなって絵を描き始めた。題材は幼少期の記憶をもとにした海と、海からイメージされた抽象的な世界に限定されている。とりわけ、画家の想像力は深海のさらなる深みにまで至り、空想上の名もない深海魚をモチーフにした作品を数多く残した。

これを読んで、さらに周囲が暗くなったような気がした。

紹介文の情報の少なさによるものか、まだ一枚も絵を観ていないのに、館内の空気がひんやりとしてきたようだった。深海よりも、さらに深いところへ連れ去られる感じだ。

それは、「順路」に従って進み、最初の展示エリアに足を踏み入れて決定的になった。

もちろん、美術館の学芸員は画家の作風に沿った展示を試みているのだろうが、それにしても、展示室の暗さが独特だった。まさに、「深海のさらなる深み」を思わせ、暗さに目が慣れないうちは、壁がどこにあるのかも分からない。ただ、壁と思《おぼ》しきところには作品が飾られているので、最初のうちは、壁に飾られた絵を眺めるというより、絵を追っていくことで、壁の存在を認めることになった。

しかも、作品はいずれも、こちらの視線より幾分か低い位置に展示されていて、それもまた画家の意向に沿ったものなのか、この世のいちばん深いところにこれらの深海魚が棲《せい》息《そく》しているのだと、絵に添えられた説明を読まなくても伝わってきた。

というか、そうした説明文が絵に添えられているのかどうかも分からない。そのうち、暗さに目が慣れてくると、わずかながらではあるが、一点一点、説明があり、どの絵にも題名が与えられていないことも分かった。

「名もない深海魚」というのはそうした意味でもあるようで、(なるほど)と了解してしまうと、描かれたものを鑑賞するのではなく、いまここに名もない魚たちが息をひそめているのだと信じられた。

いや、正しくは、信じられたのではなく騙《だま》されていたのだが、ひとつひとつの絵を鑑賞する前に、展示室の全体を俯《ふ》瞰《かん》する時間が心地よかった。

そうして最初の驚きが落ち着くと、海の深いところへ穏やかに降り立った気分になり、あらためて魚たちを見直してみれば、画家の描写はじつにきめ細かく、とても空想上のものとは思えなかった。画家だけが誰よりも深く海の底に到達し、そこで出会った魚たちの姿を、写真におさめるよりも適確に捉えている——そんなふうに見えた。

絵の背景の深海と、展示室の空気が境目なく溶け合っている。それは画家の技術だけではなく、この展示を企画したスタッフの力でもあるだろう。

やはり、美術館から遠ざかってはいけない。たとえ、過去に通った経験が存分にあるとしても、こうした時間を過ごすことは、繰り返される日常の中に組み込まれているからこそ意味がある。

（そうだ、今日はあの店でハンバーガーを食べよう）

空腹によって自然とそう思うように、こうした時間をもとめる思いに、もっと潤いを与えるべきだ。

反省しつつ、「順路」に促されて次の展示室に入ると、そこは先の展示室より、ぼんやりとした明るさをたたえた空間で、少しばかり広さも拡張して、描かれた魚たちも、それなりの体長を備えていた。

説明が簡素なので、正確なところは不明だが、もしかして、最初の展示室より海の深さが一段階、浅くなったのかもしれない。最初の展示室が低音によって奏でられた序奏であったとすれば、その空間には、あきらかにメロディーの気配があった。

もちろん、これは僕が楽器を操るからそう感じるのだろうが、なんというか、描かれた魚たちが、こちらへ話しかけてくるようなのだ。

これは、メロディーというものの特性を考えるいい機会でもある。

メロディーは、たとえそこに歌詞が付いていなかったとしても、誰かに何かを伝えようとしている意志が感じられる。メロディーを奏でることは、言葉を奏でることに等しく、そこにもれなく何かが立ち上がってくる。

僕はポール・モカシンという人が、どのような人物で、どのように生きて、どのような絵を描いていたのか、紹介文以外のことを何も知らない。

ましてや、海の底に生きる魚たちが、どんな言葉を交わしているのか、それも知らない。でも、展示室の静寂の中に、つぶやきにも似たいくつもの声が魚たちから伝わってきた。何を言っているのか分からないとしても、彼らは皆、何かをこちらに伝えようとしている。

だから、僕はそのメロディーに耳を傾けた。

メロディーとは、きっとそういうものだ。そういえば、父がよく言っていた。

「音符をなぞるだけでは駄目なのだ。楽譜のことは忘れて、たったいま自分が思いついたことを誰かに伝えるように奏でるといい」

そうすれば、たとえ、楽譜どおりの旋律でなくても、メロディーが伝えようとしていることは、その音を聴いた者に伝わるはず——。

長らく演奏をしてきて、父の言葉を理解する瞬間が何度かあった。でも、こうして絵を観たことで音楽を連想し、音楽を聴いたり奏でたりしたときと同じような感慨を得るのは初めてだった。

三つ目の展示室は、さらにもう一段階、明るさが増し、やはり、海のいちばん深いところから、少しずつ海面へ向かって階層が上がっているようだった。

その上昇に従って、展示室の壁の存在もはっきりし、絵の背景の色合いも、壁の色に合わせたみたいに明るさが増していた。その結果、魚たちは絵の中から抜け出し、展示室の空間を自由に泳ぎまわっているかのように見える。

画家の意図がどうであったかは分からない。紹介文を読む限り、すでに亡くなっているのだから、この展示に画家の思惑が反映されているとも思えない。

ただ、三つの段階を経て感じたのは、最初に序奏があり、次にAメロがあり、そして、この三つ目の空間は次のブロックへの橋渡し——ブリッジであるようだった。

これは、音楽にたとえて考えるからそうなるのではなく、展示に仕掛けられた演出ではないかと、ここへ来てようやく理解した。当然だが、観客の誰もが音楽を連想するはずもなく、そうした連想がなくても、暗から明への移行が、展示によって表現されていることは分かる。となると、音楽で言えば、次にサビが来てもおかしくない。

ここでまた、サビとはなんだろう、などと考えるのは野暮な話だ。

実際、その三つ目の展示室においては、より広い、より明るい空間へ抜け出て行こうとする魚たちの意志が感じられ、次の四つ目の展示室への期待というか、予感のようなものが、こちらの体の中に——胸のあたりから喉《のど》もとへかけてせり上がっていた。

そうした憶測が間違いではないと分かったのは、三つ目の展示室から次の部屋へ移るときに、前髪が風にあおられたような感覚があったからだ。部屋の中の空気が変わり、それまでの流れがすべてここへ辿り着くために用意されていたのだと了解した。

そこは、とても大きな展示室だった。

外から見たときは、この美術館の中に、ここまで大きな空間が隠されているとは思いもよらない。寺院で言えば、大伽藍《だいがらん》に身を置いたかのようで、突然、宇宙へ放《ほう》り出されたような心もとなさを伴っていた。

自分が小さく感じられた。なぜなら、そこにまったく予想外だった巨大な絵が展示されていたからだ。ちょっとした倉庫を思わせる空間の壁一面に、輝くように真っ白な鯨の姿があった。いや、真っ白に見えたのは暗く狭い空間から抜け出てきたからそう感じられるのであり、圧倒されながらも見上げるように確かめると、その白さは単純に白いのではなく、それこそ何人もの声が重ねられた荘厳なコーラスを思わせた。

何色とも言えない色の深さがある。透明なようでいて重厚であり、水晶でつくられたようでありながら、こちらへ重くのしかかってくる恐ろしいばかりの質量が感じられる。観ているうちに時間がなくなっていった。

きっと、この鯨は、時間を飲み込んでいるのだ。時間を喰《く》って生きている。だから、僕は最初、ただ惚《ほう》けたように口をあけてその巨大な絵を眺めていたのだが、それから一体、どれほどの時間が流れたのだろう。憶測を言うこともできなくなった。

つまりは、時間が消えていた。

そうだ。それが音楽とのいちばんの違いだ。音楽には時間がある。時間の推移を利用しているとも言える。でも、絵には時間がない。

時間の決まり事から脱《ぬ》け出して自由になれば、それきり所在はなくなり、所在がなくなれば、この鯨はどこにでもいることになる。

まったく神のようなものだった。

そして、神のようなものは、いつでも怪物のように見える。

それだけではない。

絵から放たれる何ものかを全身に浴びるうち、これはもはや作品でも絵でもなく、その存在を生まれる前から知っていたような心地になった。

素晴らしい音楽を聴いたときにも同じような思いになる。生まれる前から知っていたというのは理屈が通らないし、それでも、そう言いたくなるのは、その瞬間だけ神秘を体感しているからだろう。

音楽をつづけてきたのは、父に近づきたいという思いもあったが、もしかすると、その神秘的な一瞬を背筋の震えとともに忘れずにいたかったからかもしれない。

時間の感覚がなくなってしまうと、その絵をずっと見ていたいという思いからも解放される。

もし、本当に生まれる前からこの鯨を知っているなら、きっと、自分の奥深くにそれは居座っている。たまたま、思いもよらないかたちで出会ったこの絵が、自分の中に眠っていた大きな何ものかを呼び覚ましたのだ。

（そうだと思います――）

胸の奥からベニーの声が聞こえた。

どのくらい時間が経《た》っていたのか分からないが、ベニーの声に我にかえり、それでようやく鯨に背を向けて展示室を出ることができた。

出た先には、もう「順路」の表示が見当たらず、音楽で言うところの、間奏やCメロといったものは用意されていないようだった。サビがクライマックスであり、そこで展示が閉じられるというのも、当たり前といえば当たり前の話だ。

「順路」の代わりに「出口」の表示が目にとまり、足はそちらに向きかけたが、もうひとつ、それとは別に、「常設展」という表示があるのに気がついた。

「出口」とは反対の方向に矢印が向いている。

足がとまった。

鯨に圧倒されて時間を見失ってしまうほど頭の中が真っ白になってしまったが、そうだ、自分がここへ来たのは鯨に会うためではなく、十七歳の自分と再会するためだったと頭の中が元どおりに動き出した。

目を細めて、「常設展」の表示の先を見る。

そこにはまた、「深海のさらなる深み」へつながる細い通路がつづいているようだった。

鯨オーケストラ

時間の迷子

美術館へ出かけて、ひととおり展示を鑑賞し、(さて、帰りますか)となったところで、「常設展」の表示に気づく。

そうしたことは、これまでにも何度かあった。

でも、およそ観たことがない。でなければ、何を観たのか、ほとんど記憶になかった。

ましてや、メインの展示が素晴らしく、映画でも観たような心地になっていれば、そこに蛇足を加えようとは思わない。むしろ、その快さが消えないうちに自分のテリトリーまで持ち帰りたい。

そのうえで言えば、まさにそうした心持ちで自分のテリトリーへ——いっときの別世界から、いつもの自分の町へ、(さっさと帰ろう)と足が向いていた。

にもかかわらず、誰かに呼びとめられたかのように、(もしかして)と頭の中によぎったのだ。(もしかして)のあとには言葉がなく、ただ足が自然とそちらへ向いて、「常設展」の表示に従いながら細い通路を進んでいた。

通路はいったん突き当たって直角に折れ、そこからまた、同様の細い通路をしばらく進んで、ようやく展示室に辿り着く。

そこは、企画展の展示室とはあきらかに違う空気が感じられ、とりわけ、いま観た展示がひとつながりの流れを持ったコンセプチュアルなものであったせいか、よく言えば、穏やかに見え、より率直に言えば、雑多な寄せ集めであることが見てとれた。節操がない、と言ってしまったら言い過ぎだろうか。

展示室の隅に解説が掲示され、展示されている作品は、いずれも「作者不明」であると記されていた。「無名」ではない。「不明」である。そうした作品がこの美術館には数多く集められ、館長の言葉として、

「これらの作品は、それぞれの事情によって出自が分からなくなったものです。」

とあった。

「有事による混乱。作者の転居や死去。廃棄されたもの、盗難にあったもの、あえて名を伏せて描かれたものなど、理由はさまざまです。いわば、迷子となった作品群ですが、不

明であるがゆえに、まっさらな気持ちでご鑑賞いただけるものと考え、この展示に至りました。」

館長の言葉をふまえて、ひとつひとつ絵を観ていくと、「迷子」という言葉がもたらすイメージが重ねられて、その向こうにいるはずの作者の姿や、絵を描くときの手つきのようなものがぼんやりと浮かんでくる。

ポール・モカシンの展示も、一点一点に添えられた説明やキャプションが、そっけなかったが、こちらの展示も、当然、そうならざるを得ず、すべて、不明の作者による題名も分からない作品ばかりだった。

いわば、ここに集められた絵はいずれも「迷子」であり、そんな迷子に囲まれながら絵を観ていると、なんとも妙な心持ちになってきた。作風はさまざまで、描かれているものも、静物、風景、肖像と多岐にわたっている。中には何が描かれているのか、さっぱり分からないものもあり、そのうち、これらの絵画がひとつの大きな力によってここに集められているような気がしてきた。

おそらく、先に観たポール・モカシンの展示が深い海の底から始められ、次第に海面へ向けて上昇して、最後に巨大な白い鯨があらわれたことが影響しているのだろう。

あの白い鯨を神様のようなものに見立てるのは正しいかどうか分からないが、美術館の中心と言っていい空間にあの鯨がいて、その中心を見据えながら、深い海に棲息する魚がいたり、こうして迷子になってしまった名もない絵が並べられている。

あたかも美術館全体がそうしたひとつの作品のようで、そのただ中に、いま自分は置かれているのだと、理屈を通り越して体がざわついていた。

＊

最初、常設展の展示は狭くも広くもないひとつの展示室に限られているのかと思っていた。ところが、その展示室の奥にさらにもうひと部屋設けられていて、矢印が示す表示に従って進むと、いまいちど薄暗い通路を歩かされた。

これまでの通路よりひとまわり細く、心なしか天井も低く感じられる。

ひっそりとどこかへ抜けていくような通路で、まっすぐに長く、その突き当たりの壁に一枚の絵が飾られているのが遠目に見えた。照明が当てられていて、そこだけ空から光が当たっているみたいに、ほんのりと明るい。

目を細めてみた。肖像画のように見えたが、相変わらず、眼鏡の度が合わなくて、もうひとつはっきりしない。

しかし、なぜかそこで立ちどまっていた。それもまた理屈ではなく、体が勝手に反応して、前へ進む力に躊躇《ちゅうちょ》が及んだのだ。

身がすくんでいた。

突き当たりまで、あと五メートルほどなのに、どこから、そのためらいが来るのだろう。どうして自分は足をとめて前へ進むことに躊躇するのか。

(分からない)

胸の中に自分の声が響き、分からないけれど、身がすくむこと自体が、おそらくは答えだった。

しばらく、そこにそうして立ちすくんでいた。

その五メートルを、どんなふうに縮めていったのか覚えていない。

おかしな話だが、自分がいくつかに分離したような感覚に襲われ、そのほの暗い通路で、僕は探していた絵を見つけ出しただけではなく、たしかに十七歳の自分に再会していた。

五メートルを縮めて、数十センチの距離で絵を見つめ、しかし、見つめる自分の目が、向こうからこちらを見ている十七歳の眼に射られる。

するとと、途端に視点は逆転し、絵の中の自分が三十三歳になった自分を見つめていた。

（ああ、これは自分だ）

十七歳のときに鏡の中に見ていた自分の姿だ。

正確に言うと、鏡の中の自分は左右が逆になっているので、微妙になじまないところもある。が、そのころ誰かに撮られた写真を横に並べれば、そっくりそのままだろう。

葉書を送ってくれたリスナーは、この絵の中の顔を見て、いまの僕と照らし合わせた。ということは、この十七歳の僕は、いまの自分に含まれていることになる。

考えたこともなかった。

でも、ごく普通に考えてみれば、自分はこうして変わらず自分のまま生きているのだから、十七歳の自分だけではなく、五歳の僕も、二十歳の僕も、二十九歳の僕もいまの自分に含まれていることになる。

絵に出会えた嬉《うれ》しさも大きかったが、自分の中にいくつもの自分が含まれていることに思い至って驚いた。背筋が寒くなるような感覚にも襲われ、それはきっと、自分の記憶よりも目の前の絵がリアルに描かれていたからだろう。

十七歳の自分が、この絵を見たときは、このリアルさを直視できなかった。恥ずかしさと恐ろしさが入り混じり、いまこうしてあらためて目の当たりにすると、多々さんの描写は驚くほど正確で細密なものだ。

観れば観るほど、こちらの主観がなくなっていく。

自分はどちらでもあり、どちらでもない。

いや、もちろん三十三歳の自分がいまの自分なのだが、美術館での時間が長引くと、時間がどんな意味を持つのか分からなくなってくる。

ここでの主役は、あくまでも展示された作品で、作品に込められた時間の方がこの場においては有効なのだ。絵を観る者は、いまこのひとときから行きはぐれて、それこそ、時間の迷子になる。

美術館においては、きっと、迷子になるのが正しい姿なのだ。


その絵は他の作品と同様、きちんと額縁におさめられ、しかし、何ひとつ説明らしきものが見当たらなかった。でも、間違いなく十七歳の僕を描いた多々さんの作品で、少しずつ冷静になって正しい自分を取り戻すと、なぜ、この絵が「迷子」になってしまったのか、そこが気になった。

これまでの自分であれば、目の前の事態をそのまま受け入れて、余計な口出しはしなかったと思う。でも、こればかりは訳が違う。絵が見つかったことは何よりだが、僕の願いはその先にあった。

多々さんに、もういちど会うことはできないだろうか。

むしろ、絵を見つけ出すことより、そちらの方が自分にとっては重要だった。

「あの」と僕は展示室の隅に向かって声をかけた。

そんなことは滅多《めった》にしない。というか、初めてだった。そこが静けさを保った場所であればなおのこと。少なくとも、声をかける前にまずは隅に座っていた係員に近づき、なるべく静かな声で済むようにしたはずだ。

にもかかわらず、「あの」と声をかけていた。たぶん、係員の女性がこちらを気にしていたからだ。僕がその絵をあまりにじっと見ていたせいだろう。

（いえ、怪しい者ではありません。ただ、訊きたいことがあるというか、お伝えしたいことがあるというか——）

離れた距離から声をかけてしまったことを後悔し、（落ち着くように）と自分に言い聞かせて、係員の女性にゆっくり近づいた。

あらためて、「あの」と声をかける。

「はい？」

女性はわずかに眉間《みけん》にしわを寄せてこちらを見ていた。黒縁の眼鏡がよく似合い、首から「金沢」と刻まれたネームプレートをさげている。

「あの――あちらの絵について、お話ししたいことがあるんですが、どなたにお尋ねすればいいのかと思いまして」

女性は――金沢《かなざわ》さんは展示室を見渡し、われわれ以外に誰もいないことを確かめると、

「お話というのは、どういったことでしょう？」

もっともなことを訊いてきた。

「ええとですね」

僕はなるべく小さな声で説明する。

「こちらに展示されている作品は、どれも作者が不明なんですよね？」

「はい」

金沢さんは右の中指を眼鏡の真ん中にあてて押し上げた。

「作者不明の作品を集めて展示しています」

「ええと――」

僕はどう言ってよいものか、しばし考えた。

「あのですね」と多々さんの絵を指差し、「じつは、あの絵を描いた人を知っているんですが」と小声を保つ。

「作者をご存知《ぞんじ》でいらっしゃるということですか」

金沢さんの表情にわずかな変化があった。「失礼ですが」と声をひそめ、「それは、あの、確かなことなんでしょうか」と、また眼鏡のずれを直している。ねじが緩んでいるのか、すぐにずり落ちてしまうらしい。

「はい」――ここぞとばかりに僕は大きく頷いた。「間違いありません」

「ええと――」

今度は金沢さんが言葉を選んでいた。

「それは、あの――どうして間違いないと言えるんでしょうか」

「そうですね」――沈黙。

あまり言いたくないけれど仕方がない。

「あの絵のモデルは僕だからです」

それから金沢さんがとった行動はなかなかユニークなものだった。あたりを確認してから中腰の姿勢で立ち上がり、中腰のまま絵の前まで移動して、しばらくじっと絵を眺めていた。それから、また中腰のまま戻ってきて、何ごともなかったかのようにパイプ椅子に座り直すと、ふたたび眼鏡のずれを直すふりをして、僕の顔をじっと見た。

「本当のようですね」

金沢さんは確信したように頷いていた。

「もしかして、わたしがお役に立てるかもしれません」

そう言うと、金沢さんは中腰ではなく背筋を伸ばしてすっと立ち上がり、ポケットから携帯電話を取り出して素早く操作した。

「交代、お願いします」

それだけ言うと、

「どうぞこちらへ」

パイプ椅子の対角線上にある扉へ僕を誘《いざな》い、そこは壁面と同じ色に塗られた目立たない扉で、金沢さんは静かにドアノブをまわすと、手馴《てな》れた様子で音を立てずにドアを開いた。

「どうぞ」

ドアの向こうはやはり展示室と同じ淡いグレーの壁が両側につづき、先の通路とは違う、充分な幅をもった廊下の先を行く金沢さんに従った。頭の中で、エントランスからここへ至るまでの順路を描こうとしてみたのだが、そもそも、ポール・モカシンの展示をどのように進んだか、すでに思い出せない。だから、自分がいま美術館のどのあたりにいるのか、まったく分からなかった。

どうしてこんなことになったんだろう。

まるで迷宮の奥へ迷い込んだ気分で、その挙句に行き着いたのは、学芸員の方たちが作業をしている事務室だった。館内を映し出したモニターが並び、デスクに向かった数名の学芸員が、カチカチとパソコンのキーを打っている。応接用のソファが窓ぎわにあり、窓の向こうには中庭らしきものが見えた。整然と刈り込まれた植木の中心に、黄色い果実を実らせたシンボル・ツリーが聳《そび》えている。

「どうぞ、そちらへ」

ソファに座るよう促され、中庭の果実に見とれながら腰をおろすと、差し向かいに座った金沢さんが、「おいくつのときですか」と、突然、訊いてきた。

「はい？」

「あの絵のモデルをされたのは――」

「ああ。十七歳のときでした」

「十七歳ですか――」

金沢さんは手もとに開いた手帳に、「十七歳」とつぶやきながらメモをとっている。

「失礼ですが、お名前は？」

「名前？　というのは僕の名前でしょうか」

「ええ、そうです」

「僕は曽我と申しますが」

「曽我さん――」

金沢さんはメモをとりつづけ、それから、おもむろに手帳から顔を上げて窓の外を見た。口の中で言葉を咀嚼《そしやく》するように、「曽我さん、十七歳」と繰り返している。そのうち、

「あの」とこちらへ視線を戻し、

「ちなみにですが、あの絵を描かれた方から曽我さんは何と呼ばれていましたか」

「何と呼ばれていたか？——そうですね——たしか、曽我君とか、そんな感じでしたけど」

「では、仮にですが、あの絵のタイトルを、〈十七歳の曽我君〉とさせていただいてもよろしいでしょうか」

金沢さんは眼鏡を押し上げた。

「ええ、僕はもちろん構いませんが、それは、ひとまずの仮題ということですよね」

「ええ、当面の仮題ということです。このあと、いくつか事務的な手続きが必要なので、仮でもいいので、題名があると通りやすいんです」

そういえば、あのとき多々さんは、あの絵に題名を付けていただろうか。

たしか、題名などなかったように思う。もし、誰かに訊かれたら、絵に描いたとおりのことを——つまりは、〈十七歳の曽我君〉と答えていたかもしれない。

多々さんはそういう人だった。小さなことにはこだわらない。はたして、絵の題名が「小さなこと」なのかどうか分からないが、大切なのはキャンバスに描かれたもので、「題名なんて、どうでもいいのよ」

多々さんの声が聞こえてくるようだった。

金沢さんの言う「事務的な手続き」は、さほど込み入ったことではなく、どうやら、常設展を開設してから、何点か作者が判明した作品があったらしい。そうした経緯から、判明したときのためにあらかじめ書類が用意されていて、おそろしく分厚いファイルにまとめて綴《と》じられていた。

金沢さんの質問に答えるかたちで多々さんのフルネームを伝え、当時の多々さんの住所――うろ覚えだったけれど――を美術館のロゴが入ったメモ用紙に書いて渡した。ついでに僕の名前と連絡先も伝え、そのうえで、多々さんがいまどこに住んでいるのか分からないし、そもそも健在であるかどうかも分からないと伝えておいた。

「むしろ、僕の方が知りたいくらいで。ですから、もし、何か分かったら連絡をいただけないかと思いまして」

「ええ、それはもちろん」

金沢さんはまた窓の外を見ていた。

「というより、これは曽我さんにお話ししていいかどうか、判断が難しいのですが――」

そんなふうに言われたら、その先を聞かずにいられない。

「なんでしょう」

「じつは、あの絵について詳細を知りたいという人がもうひとりいらっしゃいまして。やはり、何か分かったら連絡がほしいと」

「その人は、あの絵について何かご存知なんでしょうか」

「いいえ、そうではないんです。その人は――なんというか、あの絵にひどく惚れ込んでしまって、惚れ込んだあまり、うちの美術館でしばらく働いていたんです。あの絵について知っている人が、いつか現れるんじゃないかと、ここで働きながら待っていたんです」

「え？　となると」

「ええ、曽我さんがここにこうしていらっしゃったことを、彼女に――ええ、女性なんです――彼女に伝えることになるかと思いますが、どうでしょう？　伝えてもよろしいでしょうか」

「そうですね――」

咄嗟《とっさ》にどう答えていいか分からなかった。

あの絵に惚れ込み、それほど深く興味を持っているなら、じつのところ、何か知っているのかもしれない。いや、そうでないとしても、どうしてあの絵にそこまで興味を抱いたのか、できればその人に会って、直接、訊いてみたかった。

「その方は、なぜ、あの絵に興味を持たれたんでしょう?」

「ええ」と金沢さんはひとつ頷いてから小さく咳払《せきばら》いをし、こちらの問いに答えるかわりに、書類に記されていたその人の言葉を読み上げた。

「わたしは、あの絵に描かれている、あの青年が誰なのか知りたいんです。そして——できることなら、あの絵の中の彼に会ってみたいんです」

すべてがちょうどいい食堂

鯨オーケストラ

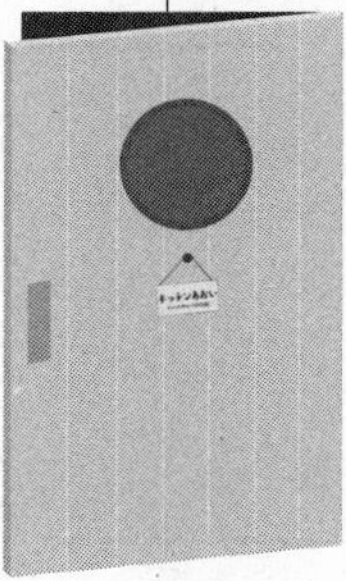

「それで？」

美術館で起きたことを妹に話すと、

「それで、兄さんはどうするの？」

と妹は正面から訊いてきた。

「いや——どうしたものかな、と思って」

言葉を選びながら、たどたどしく答えると、

「どうして、兄さんに会いたいんだと思う？」

妹の問いは、そのまま自分の疑問でもあった。

どうして、僕に会いたいのだろう。いや、その人は、「絵の中の彼に会ってみたい」と望んでいるのだから、その「彼」とは「十七歳の僕」であり、三十三歳になってしまった

いまの僕ではない。そう思うと、なんだかがっかりしてしまうのだが、いまの僕に会ってがっかりするのは、実際のところ、その人の方だろう。

そんなこんなで、こちらとしてもその人に会ってみたいような、みたくないような複雑な心境だったが、美術館の金沢さんに、

「どうされますか、お会いになりますか」

と訊かれて、反射的に、「そうですね」と答えてしまった。

「では、彼女に伝えておきます」

あらためて、金沢さんは僕のフルネームと連絡先を確認したが、自分としては、心の準備みたいなものが必要ではないかと、そこのところだけは直感めいたものが働いていた。急に会いに来られても、うまく対応できないかもしれない。

「僕の方から伺ってもいいでしょうか」

「そうですね――彼女に訊いて問題がなければ、のちほど、彼女の連絡先をお伝えします」

金沢さんは書類の角を揃《そろ》えながらそう言っていた。

「それで、いまさっき、連絡があったんだけどね」

僕としては妹に相談するしかなかった。いざ、その人の住所や電話番号を教わってみると、急に絵の中の二次元が三次元のこちらへ飛び出してきたようで、少しおそろしいような妙な心持ちになったのだ。

いや、この場合、飛び出してくるのは、その人ではなく僕の方なのだが——。

「で、そのひとの名前はなんというの？」と妹に訊かれ、

「イトウさん。イトウミユキさん」

金沢さんから電話を受けて走り書きしたメモをポケットから取り出した。

「お店をやっているみたいで、連絡先はそのお店みたいだけど」

「そうなんだ。お店って、なんのお店？」

妹はじれったそうに僕の手からメモを奪い、走り書きのひどい字に眉をひそめて読み上げた。

「〈キッチンあおい〉——ってレストランかな」

金沢さんの話では、「レストランというより食堂と呼んだ方がいいでしょう」とのことで、

「わたしも一度、伺ったことがあるんですが、ミユキさんらしい——ええ、わたしたちは皆、彼女のことを『ミユキさん』と呼んでいたんですが、ミユキさんらしいシックな佇《たたず》まいのお店でした。ロールキャベツがおいしいんです」

そんなことまで教わっていた。

「じゃあ、あれじゃない？」と妹は急に早口になった。「その人に会いに行くっていうより、その食堂？ にランチでも食べに行くくらいの感じでいいんじゃない？ 気楽にね。なにも面接に行くわけじゃないんだから」

いや、面接だったら、まだいいのだ。これまで、数えきれないくらい声の仕事のオーディションを受けてきた。そうしたものには、それなりの心構えがある。でも、「絵の中の人に会いたい」と願っている人がいて、その絵の中の人が自分であった場合、さていったい、どんな心構えで、「あれは自分です」と名乗り出ればいいのか。

それに、いくら妹と話し合っても、どうしてその人が——その「ミユキさん」という人が、絵の中の僕に会ってみたいのか、理由が思い当たらなかった。そこには何らかの事情があるはずで、もし、そうした事情に多々さんが関《かか》わっているのであれば、多々さんに会いたいというこちらの望みに光明が見えてくる。

「残念だけど、それはないと思うな」

僕よりずっと頭のいい妹が、これまでの話を整理した上で言った。

「だって、そのミユキさんという人は、その美術館で働いていたんでしょう？　それってつまり、その――なんだっけ？　金沢さん？　と一緒に、作者の分からない作品の常設展を管理していたってことよね。となると、ミユキさんは多々さんのことは知らないんじゃない？　知っていたら、作者不明ってことにならないわけだし」

そのとおりだった。

「期待しない方がいいってことよ。兄さんにとって、何も有益なことはないって思った方がいい」

ふうむ――。

「だから、まぁ、その食堂でおいしいロールキャベツをいただいてくればいいんじゃない？」

ひとまず、そういう結論が出たので、少なからず妹に相談した意味はあったのだと思うことにした。

＊

それは何の変哲もない火曜日で、暑くも寒くもない、いたって平凡なお昼どきだった。

あらかじめ、インターネット上の地図で〈キッチンあおい〉の場所を確認してみると、どうやら一度も行ったことのない町で、最寄り駅は急行が停《と》まる駅のひとつ隣で、「四島」と記されていた。駅名からして馴染みがなく、「しじま」と読むようだが、その字面と音の響きが、自分の生まれ育った「西島」によく似ている。

（面白いな）

声にならない自分のつぶやきが頭の中に響いた。

それで余計な緊張が解けたのかもしれない。ひと気のない駅を出て住宅街を縫うように歩いて行くと、いくらも行かないうちに、すぐに下り坂になり、それがまた冗談のように急な坂で、スキーのジャンプ台に匹敵すると言っても大げさではなかった。目指すところは坂の下で、地図で見ているときは、その高低差が分からなかったが、おり始めると、体が当然のように前のめりになる。

「気楽に行ってきなよ」

妹にそう言われたので、のんびりゆっくり目指すつもりだったが、これでは勢いに乗って自然と足早になってしまう。それが自分でもおかしかった。

「面白い」と思わず声が出る。まるで早回しのフィルムのようで、自分の意思ではなく、何かに背中を押され、何かにそそのかされて足が勝手に動いているようだった。

しかし、こうして、かなり過酷な道行きを強いられているのに、なぜか、遠いところから自分の町へ戻ってきたような安心感があった。町の名前には馴染みがないのに、どういうわけか、町そのものには親しみを覚える。

(面白い)と思わず頰《ほお》がゆるみ、周囲に誰もいなかったのでよかったが、かなりおかしな奴《やつ》に見えただろう。頰がゆるむどころか、笑いながら坂をおりていたかもしれない。

それはどれくらいのことであったろう。

数十秒であったか、それとも数分であったか。つんのめるような早歩きになり、そのせいか、時間の感覚が揺らいでいた。

おりきった坂道は桜並木を擁した遊歩道に交差していて、今度は、

「あれ?」

と声が出てしまう。もしかして、と探る必要もなく、こうした地形であれば、むしろ当

たり前だと合点がいった。

すなわち、その遊歩道は、かつてそこが川であったことを示していた。経験的にもそう思う。河口の町に生まれ育った者にとって、川は最も身近なものだが、川が流れていく先はすぐ海になってしまうので、いま一方の川が流れてくるところ——上流への意識が常に働いている。

言い換えれば、「川沿いの道をさかのぼっていくと、一体、どこに辿り着くのか」という興味が子供の頃にあった。

「子供の頃」と限定してしまうのは、あるときを境に、さかのぼったところに流れていた川が次々と暗渠《あんきょ》になってしまったからで、そのときも自分は、「あれ?」と立ち尽くして、暗渠の上につくられた遊歩道を別の世界の景色のように眺めていた。

幸い——と言っていいかどうか——西島町を流れる川は昔と変わらない。いまも、そこにそのまま流れている。暗渠になってしまったのは、ずいぶんとさかのぼったところで、自分が見届けた限り、その多くは桜の木が並ぶ遊歩道になっていた。もともと川の両岸に植えられていた桜の木が、見えなくなった川の形を伝えるように残されている。

その何とも言い難い、「残念」に近い思いが、ひさしぶりに呼び覚まされた。

と同時に、これもまた何とも言いようのない郷愁のようなものが体の芯《しん》から沸き起こってくる。おそらく、その「残念」と思う気持ちからも、自分はいま遠く離れているのだろう。

ようするに、川の存在が大きかった子供の頃から遠く離れてしまったわけで、「残念」や「悲しさ」や「切なさ」といったものも、こうして時間が経てば懐かしさに変わっていくものらしい。

坂をひとつおりただけで、そうしたいくつもの感情や風景に再会し、かつてそこが川であったことを示すように、遊歩道に渡された鋪道《ほどう》の端に、〈あおい橋〉と彫られた欄干がのこっていた。

なぜ、イトウミユキさんの営んでいる食堂の名前が「あおい」なのか。

それもちょっとした疑問だったが、こうして食堂まであと数メートルのところまで来てみれば、名前の由来はじつにシンプルなものであると了解した。

*

金沢さんが言っていた「ミユキさんらしいシックな佇まいのお店」というのはそのとおりで、目立った看板はなく、〈キッチンあおい〉とごく控え目に掲げていた。店名の下に、「ロールキャベツの店」とさらに小さな字で記されている。

もし、何も知らなければ素通りしていただろうが、店の中から漂ってくるいい香りが、質素な佇まいを温かみのあるものにしていた。

たしかにこれは、「レストラン」というより「食堂」だ。気どったところがなく、行き過ぎた洒脱《しゃだつ》の味気なさもない。

すべてがちょうどよかった。

思わず、深呼吸をしてしまう。舞台に立つ役者の気分だ。

どうして、これほど緊張を強いられるのか、よく考えてみても分からないが、とにかく、多々さんにあの絵を描いてもらった時間から十六年も経ってしまったことを、なんだか申し訳なく思っていた。

すみません、僕はあなたが会いたいとおっしゃった「絵の中の人」なんですが、ご覧のとおり、もう、あの絵に描かれた僕ではないんです。

もっと早くお会いできればよかったのですが——。

いや、そんなふうに考えるのは気負いすぎだろう。

あらかじめ、金沢さんから連絡がいっているだろうし、そのうち、「絵の中の人」が食堂を訪ねてくることをイトウミユキさんは知っているはず。だから、僕の顔を見て、もし、すぐに気づいたとしても、さして驚きはしないだろう。

というか、僕が「絵の中の人」であることに、たぶん気づかない。

だから、緊張などする必要はないのだ。たまたま、このおいしそうな香りに惹かれた通りがかりの客を装えばいい。こちらから名乗らなければ、食事を終えて店を出るまで気づかないのではないか——そう自分に言い聞かせてドアを開いた。

いい香りがひとまわり大きくなり、あたたかい風を浴びたように香りに包まれる。

狭くも広くもない店で、小ぶりな四角いテーブルが四つ並んでいた。意表をつかれたのは、他に客がいなかったことで、

「いらっしゃいませ」

店内の奥にいた女性が小さく声を上げ、僕がテーブルにつくと、気のせいか、その女性

がこちらをじっと見ているようだった。

いや、それは自意識過剰というものだ。その証拠に、すぐに彼女は視線を外し、特に表情を変えることもなく、ガラスのコップに水を注《つ》いで持ってきた。一緒にメニューも手にしていて、真っ白なクロスがかかったテーブルの上にそれらを並べて静かにそっと置いた。思い切って、彼女の顔を見てみたが、向こうはこちらを見ていない。

やはり、気づいていないようだ。

あるいは、この女性はイトウミユキさんではないのかもしれない。

というのも、厨房《ちゅうぼう》があると思われるところから、包丁でまな板を叩《たた》いている音が聞こえ、あきらかに、もうひとり別の人の気配があったからだ。つまり、イトウミユキさんは厨房の中にいて、メニューと水を運んできてくれた女性はアルバイトであるというふうにも考えられる。

メニュー表には、「ランチ」とあり、ロールキャベツ定食とササミカツ定食のふたつが並んでいた。サラダ、ライス付きである。

「あの」と女性に声をかけると、「はい」とすぐにテーブルにやって来た。

「ロールキャベツ定食をお願いします」

自分でも、どうしてこんなに強張るのかと思うほど硬い声になる。

「はい」

彼女はかすかに笑みを浮かべ、メニューを手にして厨房があると思われる店の奥へ引っ込んだ。つい耳を澄ましてしまったが、なにやら奥から声が聞こえ、それは想像どおり、二人の女性が話している声だった。

やはり、いまこの店には二人の女性がいる。おそらく、料理をつくっているのがイトウミユキさんなのだろうが、そうなると、こちらから名乗り出ない限り、僕が「絵の中の人」であると気づかれずに食事が終わってしまうかもしれない。

では、どのタイミングで、「あの」と声を上げ、

「じつを言いますと、僕は絵の中の人なんです」

と打ち明ければいいのか。

急に喉の渇きを覚えてコップの水を飲む。それはすっきりと冷たく、おいしいお酒のように喉から食道を通って胃の全体に染み渡った。

（おいしい）

料理の前にその冷たい水に感心し、もう一口飲もうとしたとき、

「え？　本当に？」

という声が奥から聞こえてきた。

コップをテーブルに置いて耳を澄ます。

しかし、それ以上は聞こえず、ただ、しんと静まりかえっていた。店内には音楽もなく、その静けさに耐えかねて周囲の壁を見まわすと、白い壁とほとんど同化している小さな貼《は》り紙に目がとまった。

「土曜日のみ限定。〈土曜日のハンバーガー〉」

なんだろう？　土曜日だけメニューに並ぶハンバーガーがあるのだろうか。

たったそれだけのことしか書かれていない貼り紙なのに、食い入るように眺めてしまった。そのせいか少し頭がぼんやりしたまま、目の前のテーブルに視線を戻すと、

「あの――」

店の中に声が響いた。

声がする方を見ると、先の彼女ではない女性が、すっと背筋を伸ばして立っている。こ

ちらをじっと見ていた。

目と目が合い、このひとがイトウミユキさんだろうかと思った瞬間、

「アキヤマ君――ではないんですよね？」

背筋を伸ばしたままその人はそう言い、みるみる瞳《ひとみ》が潤《うる》んでいくのが、少し離れたところからでもよく分かった。

鯨オーケストラ

子供の頃の昨日のつづき

これは自分の持って生まれた許容量によるのかもしれないが、ひとつの出来事が他の出来事を孕《はら》み、さらには、そこからさかのぼって別の何かに思いを馳《は》せたりすると、頭の中がいっぱいになるというより、空っぽになってしまったかのようにうまく作動しなかった。

たとえば、〈キッチンあおい〉のロールキャベツが驚くばかりにおいしかったのは間違いないのだが、それ以上にミユキさんが話してくれた「アキヤマ君」のことは、彼が――まだ少年だったアキヤマ君が――僕に似ていたということもあって、突然、まぶしい光を見てしまったときのような強い印象をのこした。

「でも」と僕は妹に打ち明ける。

「何？」と妹は僕の表情を上目づかいで窺《うかが》っていた。

どうにも情けなくなってくる。頭の中がうまく作動しなくなると、そのたび、こうして妹と話をして、彼女に整理してもらうのはいかがなものだろう。なにしろ、〈キッチンあおい〉に出向く前に話したばかりなのだ。

とはいえ、事前に相談をしたのだから、その結果、どうなったのかを報告するのはおかしなことではない。内心、自分にそんな言い訳をし、

「でも」と僕は繰り返した。

「何？」と妹も上目づかいのまま繰り返す。

「でも、正直言って、いちばん印象にのこったのは、ロールキャベツのおいしさでもアキヤマ君のことでもなくて」

「何なの？」

「ハンバーガー」

「ハンバーガー？」

「土曜日だけのね。〈土曜日のハンバーガー〉。店内に貼り紙がしてあって、土曜日限定のメニューみたいだった。それがすごく気になって」

「本当に？」

妹は、信じられない、というふうに首を振った。それはそうかもしれない。ロールキャベツの味はともかくとして、アキヤマ君の話は、右から左へ聞き流せるようなものではなかった。妹も、

「そうか、そうなのね」

と神妙な顔になり、

「似てたんだ、その子に」

僕の顔を――目や鼻や耳や口を、ひとつひとつ点検するように吟味していた。

つまりは、そういうことだった。

ミユキさんが、「会いたい」という「絵の中の人」は僕ではなく、僕によく似た「アキヤマ君と呼ばれている少年」だった。

より正確に言葉を置き換えるなら、「少年のままいなくなってしまったアキヤマ君」とでも言えばいいだろうか。

「子供の頃にね――」

ミユキさんは目尻に涙を溜《た》めているのに、言葉づかいも話し方もじつに気さくで、自分

でもそれに気づいたらしい。

「すみません。はじめてお会いしているのに、そんな気がしなくて――わたし、アキヤマ君にだって、もうずいぶん長いこと会っていないのに、こうしてお話ししていると、子供の頃の昨日のつづきみたいな感じがするんです」

そう言って、かすかに笑みを浮かべた。

そのあいだ中、ミユキさんは僕の目を――あるいは、目の奥にある何かを見ていて、こちらとしては、非常に恥ずかしいことなのだけれど、話を聞くにつれ、この人が見つけ出そうとしているのは僕ではないのだから、僕が恥ずかしがることはないのだと開き直ることにした。

でなければ、あんなに見つめられたら、しどろもどろになってしまう。そうならなかったのは、これは単なる人違いであって、自分には関わりのないことだと理解したからだ。

ただ、いざそういう立場に置かれてみると、美術館の金沢さんから話を聞いて、妹に相談し、あの急な坂をおりて足早にやってきた自分の思いが、行き場を失って、どうしていいか分からなくなった。

「子供の頃に、いなくなってしまったんです」

ミユキさんはアキヤマ君のことを冷静かつ淀《よど》みない話しぶりで説明してくれた。

妹の頭のよさも大したものだと思っていたが、このミユキさんという人は、そのたたずまいからして、頭の回転が速いような気がした。こちらをじっと見つめる大きな瞳に力があり、それでいて、どこか遠くを見ているような透明な輝きを持っている。その印象が、背筋を伸ばして立っている凛《りん》とした感じに見合っていた。

「子供といっても、もう中学生でしたけれど、水の事故で遭難して行方不明になってしまったんです。友達になって、仲良くなったばかりで、彼には訊きたいことがいっぱいあったのに、ふっといなくなってしまって。どう言ったらいいのか——物語の途中で、急に本のページが真っ白になって、その先が読めなくなっちゃったような。それが本当にもどかしくて、ずっと帰ってくるのを待っていたんです。もういちど会って、話をしたい。彼のあの声を聞きたいって」

(さて、どうなんだろう?)

僕のこの声もまた、アキヤマ君の声に似ているのだろうか。

中学生だったら、すでに声変わりも済ませていただろう。顔が似ているということは、骨格も似通って、声まで似るということはないんだろうか。

「いつのまにか、時間が流れてしまって、そうか、もう彼には会えないんだなって——分かってはいるんです。でも、いつも頭の隅に彼は居て、それであるとき、あの美術館へ何の気なしに展覧会を観に行って、出会ってしまったんです、あの絵に」

ミユキさんはそう言って食堂の壁に視線を移し、そこにあの絵が飾られているかのように、ただ白いばかりの壁を眺めていた。

「曽我さんはあのとき、おいくつだったんですか」

視線をこちらに戻し、「曽我さん」と急に言われて、そうだった、まだ自分は名乗っていなかった、と気がついた。

ミユキさんは金沢さんから事情を聞いているはずなので、僕に会うまでもなく、自分の会いたい人ではないとすでに承知しているはず。あの「絵の中の人」が、いまはもう三十三歳になった曽我哲生という名の男であることも——。

「絵のモデルをしたのは十七歳のときです」

「そうでしたか。十七ですか。ちょうどそんな感じがしたんです。最後に会ったときより少し成長していて、大人びた感じになったアキヤマ君そのものだなって。わたし、あの絵を見て勝手にそう思ってしまって。そのうえ、絵を描いた人が不明だというのも気になっていて——たまたま美術館がアルバイトを募集していたんです。それで、その勢いのまま働くことになりました。そこに居れば、いずれ、何か手がかりのようなものが分かるんじゃないかと思って」

ミユキさんが言うには、もし、この食堂を父親から引き継ぐ話がなかったら、いまもたぶん、あの美術館で働いていたとのこと。

「そこへ、もし、曽我さんが、突然、あらわれたら、きっとわたし、声をあげて泣いていたと思います。帰ってくるはずのないアキヤマ君が帰ってきたって——」

＊

「そういうことだったのね」

妹は僕の話を聞いてしきりに頷いたが、それはそうとして、じつのところ、ハンバーガーの貼り紙がどうにも気になって——と告白したところ、神妙な様子から一転して呆《あき》れ顔になった。

「そういうところ、ホント、お父さんによく似てる」

「そういうところって？」

「一緒にテレビとか映画とか観ていても、内容はひとつも頭に入ってなかったんじゃないかな？　バックに流れてる音楽ばかり気にして、いい曲だな、とか、いまの転調は気が利いてるとか」

（ああ――）

たしかにそれは自分もそうだ。テレビでＣＭが流れていると、耳ばかり働いて、何を宣伝していたのか肝心なところが抜け落ちる。

でも、それとこれとは違うのだと言いたい。僕はしっかりミユキさんの話を聞いて理解したつもりだし、ロールキャベツの味だって、自分なりにレポートできる。

これ見よがしの味ではないから、食べるなり「おいしい」と口をついて出るわけではない。でも、味わうほどに腹の底からうまさが染み渡り、腹の底から色々なことがよみがえって思い出される。

それは、「懐かしい」という安易な言葉で表現するのがはばかられるもので、

（なんだろう、この味は知っているような気がするし、はじめてのような気もする）

口に運ぶたび、頭ではなく舌が喜んでいる。

あっさりしているけれどコクがある、というのはよく耳にするが、そうした既存の表現に当てはめていくのも、実際のおいしさを狭《せば》めているような気がしてならなかった。

こうしたことは、〈バーガー・ログ〉を書くようになって気づいたことで、本当においしいと感じたときは、既存の言葉を駆使するだけでは足りないのだ。


「まぁ、でも、仕方ないよね」

妹は急に夢から覚めたような顔になった。

「兄さんは、単なるそっくりさんだったんだから、他人の思い出話より、ハンバーガーが食べたいって思っちゃっても仕方ないよ」

「うん、まぁ」と僕はなんだか腑《ふ》に落ちない。「まぁ、それはそうなんだけど」

そもそも「ロールキャベツ」と「アキヤマ君」と「土曜日のハンバーガー」に順列を与える方がおかしいのだ。その三つが同時に押し寄せてきて、頭の中がいっぱいになって、空っぽになってしまったので、妹に整理してもらいたかったのだ。

ただ、土曜日が待ち遠しかったのは本当のことだ。

順列の問題ではなく、ロールキャベツを食べ終えて〈キッチンあおい〉を出るとき、ミユキさんではないもうひとりの女性——そのひとのことを、ミユキさんは、「サユリさん」と呼んでいた——が、ハンバーガーの貼り紙を見なおした僕に、

「ぜひ、どうぞ。土曜日に」

と声をかけてくれたのだ。

「ええ」と僕は反射的に応え、「土曜日にまた来ます」と笑みまで浮かべてしまった。

「一期一会」というのは、こういうときにこそ使うべきなのだろう。なにより、ロールキャベツがあれほどおいしかったのだから、きっと、ハンバーガーも特筆すべきものに違いない。そうした思いの底には、そろそろ〈バーガー・ログ〉を更新しなくては、という魂胆もあるにはあったのだが、どうせ更新するなら、特筆に値するものがいい。

いや、そうした理屈を抜きにしても、おいしいだろうという予感があった。

そして、それが必ず当たるだろうという予感もあった。

＊

「いらっしゃいませ」と迎え入れてくれたのは、サユリさんと呼ばれていた彼女で、「本当に来てくれたんですね」と壁の貼り紙を指差した。

「ええ、じつは、ハンバーガーが何よりの好物で、これはなんとしてもいただきたいと思ったんです」

「光栄です」

サユリさんが芝居がかった仕草で頭をさげたところを見ると、どうやら、ロールキャベツはミユキさんがつくり、ハンバーガーはサユリさんが担当しているらしい。

というのも、このあいだと違って、サユリさんはミユキさんにオーダーを伝えるのではなく、自ら厨房に入って、それきり戻ってこなかったからだ。かわりにミユキさんが、

「いらっしゃいませ」とあらわれ、

「あの――」

と何か言いづらそうにしている。

「あの――このあいだは、わたし、ずいぶんと喋《しゃべ》り過ぎてしまって、あとで思い出して、変なこと言わなかったかなって悶々《もんもん》としていたんです。でも、曽我さんにお会いできたことは本当に嬉しくて、あんまり嬉しかったから、仲間に話したんです」

仲間、という言葉をひさしぶりに聞いたようで、思わず小さな声で「仲間ですか」とつぶやいたら、ミユキさんはそれを聞き逃さなかった。

「あ、あの――仲間といっても、単に子供の頃から知っているってだけで、強いて言うと、わたしと同じで、アキヤマ君に『また会いたい』と思ってる奴らなんです」

今度は、唐突な「奴ら」につい反応してしまい、それにもまたミユキさんは気づいた。

「あ、奴らっていうのは男子だからです。アキヤマ君と同級生だった子たちで――子たちっていうか、もう、くたびれかけたおじさんですけどね。彼らも曽我さんに会ってみたい、と言ってました。もしよかったら、今度、会ってやってくださいませんか――って、迷惑な話ですよね。すみません」

「いいえ」と僕は声を大きくして応えた。「僕としては、本物じゃなくてごめんなさいとしか言えないんですが――こんな偽者でもよろしければ」

「偽者だなんて、とんでもない」

ミユキさんは顔の前で強く手を振った。

「どうも、うまく言えないんですけど、あの絵を見たときにも思ったんです。お顔のつくりがそっくりとか、そういうことだけじゃなく――どう言ったらいいんでしょう、こうしてお話をしていると、あの頃の時間がそのまま戻ってくるような気がして」

じつを言うと、それは僕の中にも芽生えている感情だった。ずっと前から、この町やこの場所の空気を知っていたかのようで、そればかりか、ミユキさんという人に初めて会ったとは思えないほど親しみを覚えていた。

まさか、そんなことはないのだけれど、僕は子供の頃、じつはアキヤマ君で、事故にあって記憶を失ってしまい、何も覚えていないけれど、昔、会ったことのある人や、昔、住んでいた場所に触れると、自然と落ち着いた気持ちになる――そんな気さえし始めていた。

でも、僕はまた妹に告白しなければならない。

そうした思いを抱き、言いようのない感情で胸がいっぱいになっているところへ、サユリさんがつくりたてのハンバーガーを――〈土曜日のハンバーガー〉をトレイに載せてテーブルに運んできた。

もう一度、言おう。

「でも」と僕は妹に伝えなければならない。

ミユキさんの話を聞いて、胸にあふれる思いがあったのは事実で、それはそうなのだけれど、それを凌駕《りょうが》するほどの素晴らしいハンバーガーを食べることになったのだ。完璧《かんぺき》、と言ってもいい。それは自分の中で常にベスト・ワンを保っていた、あの〈チャーリー〉のチーズ・バーガーを軽く超えていた。

「なるほどね」と妹は言うだろう。「兄さんは、どんなものよりも、ハンバーガーが一番なのね」

そのとおり。僕はそんな奴だ。それで構わない。いまさら、妹の前でとりつくろっても仕方がない。でも――。

「でも」である。

さらなる、「でも」が、ハンバーガーに舌鼓を打った直後に訪れた。

「おいしい」と声を上げ、何気なく――本当に何気なく食堂の壁に目をやり、〈土曜日のハンバーガー〉を告知した貼り紙をいまいちど確かめると、もうひとつ別の貼り紙がその隣に貼られていた。

楽団員募集！

やや大きめの文字でそう謳《うた》い、そのあとにふた回りほど小さな字で、こうあった。

クラリネットを吹ける人、探しています。

われこそは、と思われる方、

連絡をお待ちしています。

鯨オーケストラ・岡

クロスワードパズル

「興味がおありですか」

サユリさんにそう訊かれ、どう答えたものかと考えていたら、

「曽我さんは、もしかして、クラリネットを吹かれるんですか」

と核心をつかれてしまった。

それで、口が勝手に「いえ」と答えてしまい、

「興味というか、この〈鯨オーケストラ〉というのは何だろうかと思いまして」

と核心から外れてみたところ、

「わたしが所属しているオーケストラです」

意外な答えが返ってきた。

「この、岡《おか》というのは、わたしのことで――」

「そうなんですか」

あらためて、サユリさんに——オカサユリさんに視線を向けると、彼女もまたこちらをじっと見ている。思わず、「あの」と動揺して口ごもってしまい、

「ええと——あれですよね、オーケストラっていうのは、あの——クラシックの方の、あのオーケストラってことですよね」

「他に、オーケストラってあるんでしたっけ？」

「ええ、そうですね。ジャズの方でも楽団の名前にオーケストラと付けることがあります」

「あ、もしかして、曽我さんはジャズを演奏されているんですか」

そこで少し迷った。

「そうなんです」と快活に答え、だからクラシックの方はまるで門外漢なんです、とありのまま答えようかとも思った。

でも、そうしなかった。これまでにも何度か同じような場面があり、恥ずかしさのあまり自分の素性を明かしたくないときは、たいてい、「親父がですね」と、ごまかしてきた。

「親父がジャズ・オーケストラのバンマスをやっていまして、クラリネットを吹いていた

んです」

「吹いていた？」

「ええ。いまはもう亡くなって——楽団は存続していますが、親父はもういません」

「そうだったんですね」

サユリさんは壁の貼り紙に視線を戻した。

「バンマスって、バンドマスターのこと——楽団の団長のことですよね。みんなのリーダーで、指揮なんかもして？」

「そうですね」

たびたび繰り返してきた親父の紹介をまた繰り返した。

「基本的にクラリネットを吹いていましたが、ときどき指揮もしていました」

「じゃあ、同じですね」

「同じ？　というと？」

「わたしたちのオーケストラも指揮者がいなくなってしまったんです。みんなから、『団長』と呼ばれていました」

「亡くなられたんですか」

「いえ、たぶん生きているんじゃないかと思います。でも、いまのところ行方不明で――あ、なんかすみません。行方不明の話ばかりで」

そこでサユリさんは少し笑い、テーブルを片づけながら話を聞いていたミユキさんも、つられて笑っていた。

「なので、オーケストラは一度、解散せざるを得なくなって――ここ最近なんです、団長を探し出して、オーケストラを再開しようという話が具体的になってきたのは」

「ということは、その団長がクラリネット奏者だったんですか」

だとしたら、あまりに話が出来すぎている。

父が亡くなったときとまったく同じだからだ。

あのとき、父の楽団はいったん解散し、あたらしいクラリネット奏者を募集して、バンドマスターにふさわしい人物を選出する必要があった。楽団員の誰もが、父に代わる適任者などいないと嘆いたが、誰か――たぶん、モカシンの新田さんあたりだ――が、

「哲生君がやったらいいんじゃないか」

と言い出した。

「そうだよ、それが一番だ」

「哲生はクラリネットも吹けるから一石二鳥だし」

皆が、「そうだ」「そうだ」と頷き合った。

どう考えても、僕がリーダーにふさわしいはずがなく、単に「一石二鳥」という言葉に楽団員の誰もが頷いてしまったのだと思う。

たしかに僕は父親の背中を見て育ち、父親のようになりたいとは思っていた。でも、クラリネット奏者はともかく、到底、バンドマスターになるような器ではない。それは自分が一番よく分かっていた。僕だけじゃない。たぶん、楽団員の誰もがそう思っている。

それでも、その役割を引き受けることにしたのは、自分が引き継ぐことで楽団が存続するなら、かたくなに拒絶するのは、父に対しても楽団に対しても誠実さを欠いていると思ったからだ。

それで覚悟が決まった。いずれにせよ、バンドマスターなどと言っても、かたちばかりのもので、実際には、ベテラン揃いの楽団なのだから、僕の存在は彼らが父の幻影を呼び寄せるためのアバターのようなものでしかない。

「いいえ」

急にサユリさんの声がボリュームを上げて耳に戻ってきた。

「うちの団長はチェロ奏者でした。クラリネット奏者は純粋に募集しているんです」

「岡さんは――」

僕は貼り紙に記された彼女の名前を確認した。

「岡さんは何を演奏されるんですか」

「わたしはオーボエなんです」

「オーボエですか」

オーボエとクラリネットは見た目がよく似ていて、遠目には見分けがつかない人もいるかもしれない。

――と、そこで話に休符が打たれた。

僕も話すことがなくなり、サユリさんもおそらく、ひととおり話し終えたのだろう。

僕としては、これ以上、音楽やクラリネットの話がつづくと、自分から正体を明かしてしまいそうで、明かしてしまったら、「募集」の二文字に興味を示しているのではないかと思われてしまう。それは本意ではなかった。

僕の興味は、とびきりおいしかった〈土曜日のハンバーガー〉にあり、これはもしかして、毎週土曜日に食べに来ることになるのではないかと、すでに予感していた。このハンバーガーだったら、〈バーガー・ログ〉で紹介しても、きっと誰も文句を言わない。でも、申し訳ないけれど、誰にも教えたくなかった。このおいしさをみんなとシェアしたいのではなく、ただただ独り占めしたいと初めてそう思った。

だから、話すことがなくなって沈黙がつづき、その沈黙に見切りをつけて、

「ごちそうさまでした」

と、ただそれだけを言えばよかったのだ。

にもかかわらず、僕はいまいちど貼り紙を眺め、最初に尋ねたことを、

「ええと――」

と繰り返していた。

「ええと――あの、〈鯨オーケストラ〉という名前なんですけど」

そう言いかけると、

「団長のあだ名なんです」

サユリさんは僕の問いを遮るように、さらりと答えた。僕が父について繰り返し話して

きたように、サユリさんもまた楽団名の由来を幾度となく説明してきたのだろう。

「団長は鯨みたいに体の大きい人なんです。それで、そんな名前になったんですが、これから再開するオーケストラには、もう少し違う意味も込められています」

「というと？」

「ええ。それはですね——そうだ」

サユリさんは何かいいことを思いついたかのように急に声の調子を上げた。

「曽我さん、このあと、お時間あります？」

「そうですね——」

今日が土曜日であることを頭の中に開いた手帳で確認した。

「今日は仕事が休みで、特に予定はありません」

そう答えると、曽我さん、サユリさんはミユキさんに、

「ちょっと、曽我さんを工場にお連れしてもいいですか」

今度は声の調子をぐんと落としてそう訊き、

「うん。店の方は大丈夫だから」

気のせいかもしれないけれど、ミユキさんは僕の顔をちらりと見てから、そう答えた。

＊

僕は最初、サユリさんが口にした「工場」が「会場」と聞こえ、それは聞き間違いであったけれど、実際にサユリさんが連れて行ってくれたところは、その聞き間違いが半ば当たっていたことを示していた。

ただ、その場所が「工場」にして「会場」でもあることを理解するまでには、少々、時間を要した。そこにはいくつかの出来事や歴史が絡んでいたし、実際にその建物に足を踏み入れなければ、実感できないところもあった。

だからこそ、サユリさんは僕にその場所を見せたかったのだろう。辿り着くまでのあいだ、彼女はそこが「チョコレート工場」と呼ばれていたことを説明してくれた。

「無垢《むく》チョコ工場、なんて言う人もいて——というのも、チョコレートのお菓子をつくっていたというより、そのもとになる無垢チョコをつくっていたからです」

「でも、いろいろと事情があって、何年か前に廃業になってしまったんです。それからしばらくのあいだ、ほったらかしになっていたんですが、あることがきっかけになって、再利用したらどうかという話になったんです。たまたま、わたしもそのプロジェクト——と言ったらいいんでしょうか——工場を再利用する計画に関わることになって」

「というのも、その計画とわたしたちのオーケストラが、まったく偶然なんですが、鯨という言葉がきっかけになって結びついたんです」


食堂を出て工場まで十分もかからなかったように思う。

「こちらです」とサユリさんは砂利の敷かれた細い路地を先に立って歩き、これまでのことをゆっくりページをめくるように話してくれた。

しかし、まったくもって百聞は一見にしかずで、そうして路地を歩きながら聞いた話が、

「ここです」

と招き入れられた工場の中に入った途端、

（そういうことか）

言葉以上の力によって一気に理解が深まった。

かつて、そのチョコレート工場がどんな様子であったかはもちろん知らない。おそらく、

チョコレートをつくる道具や機械が所狭しと並んでいたのだろう。が、それらはすべて撤去され、足を踏み入れるなり、身をすくめてしまうほどのがらんとした広い空間があった。そこへ至る砂利道がずいぶんと狭かったせいもあるだろう。トンネルを抜けたら急に海がひらけたような、そんな開放感にも似た快さがあった。

とはいえ、それは工場の中の空間の話で、実際は、その空間に立ち上がりつつあるものが重要だった。

一見、それが何であるかは分からない。

がらんとした空間のおよそ半分を占めるかたちで芸術的と言っていいくらい複雑な鉄骨が組まれ、その複雑な構造物に支えられて、何やら「白いもの」が異様な存在感を放ちながら宙に浮いていた。

「鯨の骨です」

サユリさんがそう言う前に、なぜか、そうではないかと思っていた。「鯨」によって結ばれたと言っていたし、どういうものか、このがらんどうの空間に、鯨が——その骨が——こんなふうに存在していることを僕はもうずっと前から知っていたような気がした。

(どうしてだろう?)

「わたしも詳しいことは知りません。でも、まだ三割くらいだそうです」

サユリさんの言う「三割」は、「計画」と呼ばれているものが、鯨の骨の標本を組み上げることであり、その全工程のまだ三割くらいしか進んでいないという意味だった。

(どうしてだろう?)

もういちど胸の中で繰り返す。

あたかも宙に浮いているかのように見えるその骨は、たしかに三割ほどしか組み上げられていない。が、僕にはその巨大な全体像が容易に想像でき、しかも、それは骨だけではなく、完全な状態で海を泳ぐ鯨の姿だった。

「ちょっと、こちらへ来ていただけますか」

サユリさんはがらんどうの空間の隅へ移動し、そこには、ずいぶんと古びた一台のアップライト・ピアノが置かれていた。空間の床も壁も天井もすべてが白で統一されているので、その広大な白の中に黒いピアノがぽつんと一台置かれているのが、どことなくチャーミングなアクセントのように見える。グランドピアノではないので当然かもしれないが、いかにも小さく感じられた。

「ここに、この鯨の骨が発見されたときの記事があるので、ちょっと読んでみましょう」

サユリさんはピアノの譜面台に立て掛けてあったタブロイド判の新聞らしきものを手にし、該当するページを探り当てると、少し声を低めにおさえて読み上げた。

この町に古来、伝えられてきた伝説がある。それは二百年も前のこと、町を流れる川に海から大きな鯨が迷い込み、川を遡る途中で力尽きて息絶えた。その巨大な亡骸《なきがら》を埋葬するために〈鯨塚〉がつくられ、この町のガケを形成するに至ったと言われている。

その伝説の〈鯨塚〉が先日の大雨で崩壊した。幸いにも、誰かが命を落としたり、家屋や店舗が取り返しのつかない被害を受けることはなかったが、三丁目六番地の長らく空き地になっていた一帯がガケ崩れを起こし、ガケ下の遊歩道の一部を土砂で覆い隠した。そのあと急速に雨が小やみになったので、住宅はかろうじて倒壊や水没をまぬがれたが、住宅と住宅のあいだの切れ目に大量に土砂がなだれ込み、その土砂の中から、幻と言われていた二百年前の鯨の骨があらわれた。

「というわけなんです」

サユリさんは新聞をたたんで譜面台に戻し、それからピアノの鍵盤《けんばん》をしばらく眺めてから、「ラ」の音をポーンとひとつ鳴らした。

「いい音ですね」

自然と口をついて出た感想だったが、実際にとてもいい音だった。

「ええ、おんぼろピアノなんですけど」

「いいえ、ピアノも悪くないですが、この空間がいいんでしょう。楽器を奏でるのにちょうどいい響きを残しているように思います」

「ええ、そうなんです」

サユリさんは、もういちど「ラ」の音を鳴らして目を閉じた。

「ここで、オーケストラの音を鳴らしてみたいんです」

（なるほど、そういうことか――）

この広い空間に〈鯨塚〉から発掘された二百年前の鯨がよみがえり、団長がいなくなって解散したオーケストラが、再び音楽を奏でるためによみがえる。

「〈鯨オーケストラ〉です」

それはまるで、なかなか解けなかったクロスワードパズルの答えであるかのように快く響いた。

鯨オーケストラ

ジグソーパズル

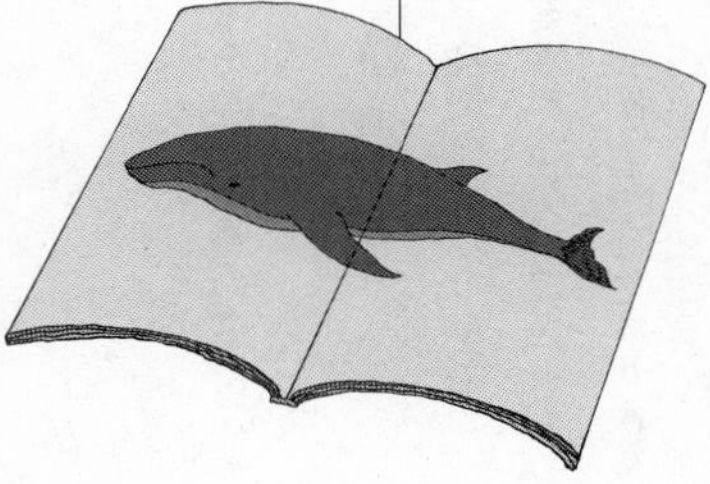

秘密というほどではないとしても、誰にも言わずにいようと決めたことを胸の中にひそませていると、なんとなく、そわそわしてしまう。

と同時に、あたたかいカイロを懐《ふところ》に忍ばせているような安らぎがあった。

その名も〈土曜日のハンバーガー〉と完璧で、もはや、名称がそのまま自分のルーティンになりつつあった。土曜日は〈あおい〉でハンバーガーを食べる日となり、まさか本当に僕が毎週土曜日に食べにくるとは思っていなかったのだろう。ミユキさんもサユリさんも、

「本当にお好きなんですね」

と歓迎してくれつつ、どこか驚いているようでもあった。

とりわけ、ミユキさんは僕の顔を見るたび、そのときどきで、いまにも泣きそうな顔に

なったり、驚いてみせたり、笑顔になったり——かと思えば、こちらの胸のうちを探るようなまなざしになる。

この週に一度のひそかな楽しみを、僕は何度か打ち明けてしまいそうになった。ラジオでフリートークをしているときや、リスナーからの葉書やメールに、

「最近、曽我さんは〈バーガー・ログ〉を更新していませんが、おいしいハンバーガーとの出会いはないのでしょうか」

などと書いてあったりしたとき、

「いや、じつはですね」

と喉もとまで出かかっては、話を逸《そ》らしてごまかしてきた。

ただ、そうして〈あおい〉に通ううち、自分は本当にハンバーガーに魅かれてここへ来ているのだろうかと頭の隅にクエスチョン・マークが浮かんできた。

最初に訪れたときから感じていたのだが、〈あおい〉を取り囲む町の空気に触れていると、自分がここにこうして引き寄せられるのは、なぜか、あらかじめ決められていたことのように思えてならなかった。ともすれば、郷愁に近い思いに駆られるときもあり、それで、おかしなことを考えるようになった。

自分によく似ているという、行方不明になった彼――アキヤマ君なる少年は、じつのところ僕であり、僕は彼であったときの記憶を失っているだけではないのかと。

いやしかし、もちろんそんなはずはなく、そのうちこう考えるようになった。

かつて、アキヤマ君はこの町の人々にとって、なくてはならない存在としてここにいた。しかし、その詳細はまだ聞いていないが、彼はこの町から姿を消し、町の情景を一枚のジグソーパズルにたとえるなら、彼の不在によって、パズルのピースがひとつ抜け落ちたことになる。風景の中から彼の姿がそこだけくり抜かれて消えてしまったのだ。

そこへアキヤマ君ではないけれど、彼にとてもよく似た人――それがつまり僕なのだけれど――があらわれ、完全に当てはまらないとしても、パズルの空白部分を間に合わせの応急処置のように埋めている。その微妙なずれを孕んだはまり具合が、僕の体に奇妙な体感として伝わってくるのだ。

なんとも、居心地がいいような悪いような――。

ただ、似たようなことを僕はすでに経験していた。

ジグソーパズルの絵柄を父がバンドマスターであった「楽団」に差し替え、アキヤマ君の不在を父の不在に入れ替えれば、不在を埋めるピースを担う自分の姿が見えてくる。

ずっとそうだった。父の楽団は、父がそこにいなくても父のものであり、その不在は僕に限らず、誰にも埋めることはできない。しかし、それでも楽団がつづくことを楽団員の誰もが願っていたし、なにより僕自身が強く望んでいた。

おかしな話だ。僕は子供のころから父に憧れ、父のようになりたいと志していたのに、いざ、父がいなくなった空白を埋めることになったら、父に憧れていた自分をどこかへ置き去りにしてきたような罪悪感に苛《さいな》まれた。

それは、いまも変わりなく、この先もきっと変わることはない。あたりまえの話だが、父の空白は父にしか埋められず、僕はどこまでいっても僕のままでしかない。

＊

「あの——前にお話ししたことがあったかと思うんですが」

ハンバーガーを食べ終え、おいしさに満足してぼんやりしていたところへ、急に肩を叩かれたようにミユキさんの声が耳もとまで近づいてきた。

「はい?」

返事が少しうわずっていたかもしれない。

「わたしの子供の頃からの友人で、羽深太郎《はぶかたろう》という者がいまして——」

「ええ」

なるべく、うわずらないよう冷静に応えた。

「彼が、ぜひ、曽我さんにお会いしたいと言っていまして」

その話はよく覚えていた。そのとき、ミユキさんが「仲間」という言葉を使ったのが印象的で、率直にうらやましいと思ったからだ。僕には気安く「仲間」と呼べる人たちがいない。いたとしても、それはあくまで仕事上の付き合いをベースにしたものでしかない。

「彼はすぐそこで新聞をつくっているんです」

「あっ、そうでした」

テーブルから離れたところにいたサユリさんが駆け込むようにして話に分け入り、

「このあいだの、あれです」

人差し指をあらぬ方に向けて頷いた。

おそらく、指差した先にあるのはチョコレート工場で、サユリさんが「あれ」と言っているのは、ピアノの譜面台に立てかけてあった新聞を指しているに違いない。

鯨の骨がどのようにして発掘されたのか、そして、どのような歴史を背負ったものであるかを簡潔に説いていた。

「すみません」

ミユキさんは丁寧に頭を下げた。

「曽我さんにしてみれば、すごく迷惑な話だと思うんですが」

「いえ、迷惑なんてことはないです」

「彼は――彼というのは、その新聞をつくってる太郎君のことですけど、もしかすると、彼はわたし以上にアキヤマ君に会いたがっているかもしれません」

「ええ。僕でよければ、まったく構いませんが、なにしろ、本物のアキヤマ君ではないので、ごめんなさいと言うしかないんですが」

「いえ、ごめんなさい、を言わなければならないのは、わたしたちの方です」

ミユキさんは言葉を探すように視線を上げて目を閉じた。

「うまく言えなくて歯痒《はがゆ》いんですけど、わたしはこうして曽我さんにお会いできたことで、何か自分の中でわだかまっていたものが解けたというか、とても身軽になったような気がするんです」

ひとつ息をついてミユキさんは目を開いた。

「だから、太郎君が曽我さんに会うことで、何か少しでも解放されたらと、勝手にそんなことを考えて――」

「分かりました」

僕は迷わずそう応えた。話を聞いているうちに、僕もミユキさんの「仲間」に会ってみたくなったのだ。

「仲間」という言葉が示すものに触れてみたくなった。

＊

サユリさんがピアノの前で新聞を読み上げてくれたとき、こちらが訊《たず》ねるより早く、

「〈流星新聞〉というんです」

とその新聞の名前を教えてくれた。

「リュウセイ？　ですか」

僕は最初、「リュウセイ」が流れ星の「流星」であることも分かっていなかったが、

「そういえば、どうしてそんな名前なのか、わたしも知りません」

とサユリさんも首をかしげていた。

「〈編集室〉の入口に看板があって、ブリキでかたどった星がひとつ掲げてあるんです」

そんなことを聞いていたので、ミユキさんが「ごめんなさい、わたしたち、店を離れられないので」と詫《わ》びるのを、

「およその道順を教えていただければ、ひとりで行けると思います」

と制した。なんのことはない、目印になる星の看板を目指せばいいのだ。

「道順と言うほどのものではないんです」

ミユキさんは苦笑していた。

「店を左へ出たら遊歩道を桜並木に沿って左へ行くだけです。すぐそこが太郎君の〈編集室〉で、おもてに――」

「星の看板が出ているんですよね」

「あれ？」

ミユキさんはサユリさんの方を振り返った。

「もう、お聞きでしたか」
「ええ、少しだけ。でも、太郎さんというお名前は、いま初めてうかがいました」
「そうですか。太郎君には、わたしがいま電話をしておきますから」

そういった経緯があったので、勝手の分からない町で初めて会う人を訪ねることになったにもかかわらず、何の躊躇もなかった。

店を出て、〈あおい橋〉があったと思われるところを左に折れ、遊歩道に導かれるまま進んで行くと、元は川沿いであったはずの住宅の並びに、そこだけ印象の違う建物が見えてきた。遠目にも見当がつき、近づくほどに建物がこちらを呼び込んでいるように見える。遊歩道に並行して、かろうじて車が一台通れるほどのアスファルト道があり、そのアスファルトの古びた風情とひとつながりになっているかのように〈編集室〉はあった。間口は〈あおい〉と同じくらいで、入口のドアは閉ざされているが、その前に立つと、

（さぁ、中へどうぞ）

とばかりに音もなく開かれる予感があった。

それもまた〈あおい〉と同じで、なんとも言いようのない安心感がある。

目印となる星の看板は想像していたよりずっと控え目に掲げられ、ブリキでつくられたその星は、かつて、あざやかなブルーであったのだろう。塗料の名ごりが錆《さ》びついた星形の中に散り散りに残り、この星がまだ艶々《つやつや》と青かったときは、ここに――この遊歩道になっているところに――川が流れていたのだ。その情景が絵のように浮かんできた。

星の看板と〈編集室〉のドアに背を向け、そのまま見えない川の幻影を思い描いていたのだが、ふいにドアの開く音がして、

「あの」

柔らかくおさえた声が聞こえてきた。

振り向くと、太郎さんと思しき人が、ドアから出かかった格好で僕の顔をまっすぐに見ている。

ときどき、声の仕事の台本に（息を呑《の》む音）と書いてあり、セリフとセリフの合間にト書きの扱いで記してあるのだが、その（息を呑む音）も言ってみればセリフのひとつで、技術的なことを言うと、極力、音を出さないようにしながら、

「はっ」

と短く発声する。声になるかならないか、ぎりぎりの「はっ」で、その難しい、「は

っ」を、太郎さん――と思われる彼――は見事なくらい自然と口にしていた。

「はっ」と発した口のかたちのまま僕を見ている。

その表情はミユキさんとそっくり同じで、悲しみと喜びと驚きがひとつになったものがあらわれていた。もっとも、僕は太郎さんが、普段、どんな顔をしているのか知らなかったので、そんなふうに見えただけなのかもしれないが。

＊

太郎さんが、そこで新聞をつくっているという〈編集室〉には、ほどよい広さと言うより、ほどよい狭さがもたらす居心地の良さがあった。壁一面が本棚で占められ、大きな窓に切りとられて、外の遊歩道と桜並木が見える。

「コーヒー、嫌いじゃないですか？」

太郎さんの声は落ち着いているのに明瞭《めいりよう》で、初対面なのに、その声だけでくつろいでしまう、まさにラジオＤＪ向きの声だった。

「はい」と答えた自分の声の方が、よほど、くぐもって聞こえる。

「ミユキさんがコーヒーを淹れる道具をプレゼントしてくれたんです」

太郎さんは心なしか笑っているようだった。

「なんだか怪しいな、と思っていたら、ようするに、僕にコーヒーを淹れさせて、自分がいつでも飲めるようにしたかったみたいです。ミユキさんらしい考えで——昔から、そうなんです」

そう言いながら、太郎さんは本棚の裏の部屋の奥に引っ込んだ。

「ただですね——」

声だけが聞こえてくる。どうやら、コーヒーを淹れてくれるらしい。

「ただ、そんなふうに自分勝手なのに、ミユキさんなりの配慮もあるんです。『ここへ来たら、おいしいコーヒーが飲めるって評判になれば、もう少し人が集まってくるんじゃない?』って。たしかにそのとおりで、僕がここを引き継いでから、急に来客の数が減ってしまって——自分は人気がないなぁと思っていたんです」

声だけではなく、コーヒー豆のいい香りが鼻先まで届いた。

「アルフレッドがここにいたときは、町の人たちが頻繁に立ち寄って、『昨日、こんなことがあったんだけど』って、新聞のネタになりそうなことを話してくれたんです」

「アルフレッド、というのは?」

「ああ、そうでした、アルフレッドはうちの新聞の編集長で、創設者でもあって——アメリカ人なんですけど、僕が子供のころからここで新聞をつくっていたんです。いまは故郷へ帰って、両親のクリーニング屋を手伝っています」

お湯の沸く音が聞こえてきた。湯気が上がって食器が触れ合う音がし、コーヒーの香りが湿り気を帯びて、こちらのテーブルまで漂ってくる。

中心に据えられた大きなテーブルが、この〈編集室〉のシンボルと言っていい。太郎さんが子供の頃からとなると、三十年近く経っているのだろうか。木目の浮き出た木のテーブルは傷だらけで、ところどころ、飲みものやインクのしみのようなものが見受けられた。英語で記されたメモらしきものも確認できる。

「だから、僕はアルフレッドの代理というか、ニセの編集長なんですけどね」

そこだけ、少しばかり太郎さんの声がくぐもっていた。

コーヒーがことのほか美味しく、カップの中身が早々になくなりかけたところで、

「アキヤマ君のことはミユキさんからお聞きになっているんですよね?」

太郎さんが僕の顔をさりげなく見た。

「ええ、なんとなくですが」と答えると、

「すみません」と太郎さんは軽く頭をさげた。「絵のことはミユキさんから聞いて知っていました。その絵に描かれた人がアキヤマ君にすごく似ていたって。それで、ミユキさんは、その絵から離れられなくなって、とうとう美術館で働くようになってしまったと」

太郎さんは目を細め、窓の外の桜の木に視線を移した。

「その話を聞いて、きっと、ミユキさんだけにそう見えているんだろうなと思っていたんです。だから、僕はその絵を観に行っていないんですが、曽我さんにこうしてお会いして、ミユキさんの気持ちが分かりました」

「そう——ですか」

こちらも、なんとなく窓の外に目がいってしまう。

「そんなに似ているんですか」

「というかですね——」

太郎さんは視線を戻し、

「顔立ちがよく似ているとか、そういうことではないんです。どうも、うまく言えないんですが、とにかく、彼は特別な少年というか、特別な人だったんです」

太郎さんはテーブルに置いた右手を支えにして体をわずかに傾け、僕の目を覗き込むように見ていた。

「おかしな言い方になりますが、こうして曽我さんにお会いしてみると、いまの大人になられた曽我さんに、あのころのアキヤマ君が似ていたんじゃないかって——ええ、曽我さんがアキヤマ君に似ているんじゃなく、アキヤマ君の方が曽我さんに似ていたというか」

「大人びた少年だったんですね」

僕も太郎さんの目を覗き込むようにして見返す。

「彼は何でも知っていました。太陽の位置から正しい方角を知る方法とか、風の様子で雨がいつ降り出すか当ててみせたり、絶対に外れないロープの結び方を教えてくれたり。そういう意味では大人びていましたけれど、とにかく無邪気で、人を疑ったりすることがなくて、常にまっすぐで——何より目がきれいだったんです。曽我さんのその目です」

「まさか——僕の目がきれい？」

「何か言いたげな目、とでも言えばいいんでしょうか。あ、こんなこと言ったら失礼ですよね。すみません。でも、どこが似ているのかと言ったら、やはり、目なんだと思います」

太郎さんはふいに席を立ち、背後の本棚の一角から一冊の大きな本を取り出すと、テーブルの上に静かに置いた。

「中学生のころ、僕もアキヤマ君もよくここへ遊びに来ていました。この本棚からこんなふうに本を取り出しては読んでいたんです。といっても、ご覧のとおり、アルフレッドの蔵書なので、外国の本ばかりなんです。だから、読んでいたんじゃなく、眺めていた、と言った方がいいかもしれません。写真集とか画集とか。で、アキヤマ君のお気に入りが、この本だったんです」

太郎さんはテーブルに置いた本をこちらへ滑らせるようにして差し出した。

「鯨の図鑑です」

「鯨の？」

「彼は鯨が好きだったんです」

手もとに置かれた本のカバーには英字の表題や編纂者《へんさんしゃ》の名前らしきものが並んでいる。ところどころ汚れや破れもあり、一見して、結構な年季を感じさせるものだった。その「年季」の中には、アキヤマ君も含まれているわけで、おそらく、このテーブルにつき、こうしてこの本を手に取ってページをめくっていたに違いない。

それはしかし、じつにシンプルな図鑑で、扉をめくった目次にはアルファベット順に鯨の名前が列記されていた。目次のノンブルに従ってページをめくれば、見開きいっぱいにその鯨の全身像を描いた緻密《ちみつ》なイラストがあらわれ、次のページに詳細なデータと小さな字でびっしり記された解説がつづくという構成だった。

「おお」

ページをめくって鯨の絵があらわれるたび、ため息と感嘆が入り混じった声が腹の底から湧き出てきた。

僕のそんな様子を太郎さんが興味深そうに見ているのに気づいていたが、僕は僕で、ページをめくればめくるほど——つまり、鯨の絵を次々と見れば見るほど、強い既視感を覚えていた。

さて、これは一体なんだろう。背筋が、ぞくりと寒くなってくる。

まさか、そんなわけはないけれど、僕はやはりアキヤマ君なのかもしれない。

もちろん、この現象に整合性を持たせて説明することはできないし、僕がアキヤマ君でないことは、誰よりも僕自身がいちばんよく知っている。

が、それと同じくらい、僕はこの図鑑に描かれた鯨の絵をすでにどこかで見ていると確信していた。その記憶が子供のころにこの大きなテーブルで見た記憶だったとしたらどうだろう。自分の中にアキヤマ君の記憶がいつのまにか忍び込み、僕の記憶を少しずつ塗り替えているのだとしたら――。

そんな妄想に支配され、本当に自分が誰なのか分からなくなりかけたところで、

「アキヤマ君は鯨のことを神様だと思っていたようです」

太郎さんの言葉に急に妄想から目が覚めた。

僕もまた鯨を神様のように感じていた。それはアキヤマ君の記憶ではなく、間違いなく僕の記憶で、それも、子供の頃の記憶ではなく、ついこのあいだ、あの美術館で感じたものだ。

あのとき僕は、あの巨大な鯨の絵に神様を感じた。絵の中の鯨には時間がなく、時間から脱け出して自由であるなら、決められた所在に縛られることもない。この鯨はどこにでもいるのだと思ったら、それが自然と神様につながった。

さらに言うと、あのとき自分はこの鯨の存在を生まれる前から知っていたような気がし

た。それはちょうど素晴らしい音楽を聴いたときに似ていて、なぜ、音楽に魅かれるのかと言えば、そこにこそ秘密があるような気がする。

ときどき、はじめて聴いているのに、ずっと前から知っているような音楽に出会う。そのとき音楽は五感のすべてを揺さぶり、自分の属性や記憶を超えて、もっと深いところにある根源的な喜びのようなものに直《じか》に触れてくる。

そんな、音楽でしか感じたことのなかった感覚が、いま自分の身に起きているのだと、ページをめくる指先から伝わってきた。指先が図鑑のページに触れているばかりでなく、紙面には鯨の絵が並んでいて、その絵があの美術館に展示されていた神様のように大きな鯨を呼び戻した。

それだけではない。

その大きな鯨は、サユリさんにガイドされて見学したあの真っ白な空間によみがえろうとしている二百年前の鯨とも共鳴していた。

すべてがつながっているのだ。どこでどのようにしてつながっているのかと言えば、この僕の体の中でだ。

僕はこれまで鯨のことなんて考えたこともない。そもそも、何の興味もなかった。しかし、この連想が示唆しているのは、案外、簡単なことかもしれない。

つまり、僕の中にアキヤマ君の記憶が忍び込んできたのではなく、あらゆる記憶を超えた根源的なところ——深い深い海の底で一頭の大きな鯨が息づいているのだ。

それはどうしてなのか。偶然が重なっていく力によるものだろうか。

偶然の力に呼び出された鯨？　本当にそうだろうか。

根源的な深いところから浮上して「記憶」のレベルまで引き上げてみる。

すると、この連想の正体は事務的と言っていいほどの現実味を帯びていることに気づいた。もし、美術館で絵を観てから、もっと時間が経っていたら、記憶は深海の方へ引きずりこまれていたかもしれない。が、幸いにも目を閉じれば、あのほの暗い展示に視界が戻り、その暗さゆえに、目を凝らして鑑賞した画面上の筆致がまざまざと思い起こされる。

連想ではないのだ。いま目にしているこの図鑑の絵と、あのとき美術館で観たいくつもの絵の描写は同一のものではないか。正確に写しとられた細密な描写でありながら、どこか、かすれるような震えるような独特な線はこの画家だけのものだ。

めくりつづけたページから最初の扉へと戻り、編纂者の下に記された挿画家のクレジットをあらためると、はたしてそこに、
Paul Moccasin ——ポール・モカシン
とあった。

鯨オーケストラ

吹き替え

その土曜日から、日、月、火、水、木と五日を数えた夜、ひさしぶりに楽団の仕事があった。定期的にライブをおこなっている港町の〈ドラゴン・ガーデン〉で、休憩をはさんだ三ステージだった。

人前で演奏をすることは、自分にとって日常の外へ出ていくことだ。そのはずだった。ところが、最初のステージに立ってクラリネットを吹き始めたとき、急に現実に引き戻されたような、いつもと逆転した感覚に襲われた。

これは何だ？　とその感覚を確かめるうち、二曲目、三曲目と演奏は進み、四曲目の「バイ・バイ・ブラックバード」になったとき、自分はいま演奏に臨んでいるのではなく、繰り返してきたものを「こなしている」だけではないかと言葉が見つかった。

もしかすると、こうして仕事を「こなしている」ような感覚になったときこそ、プロの境地に達した証《あか》しなのかもしれない。いわゆる、目を閉じていても出来るというヤツで、そうなると、最早《もはや》、ミスに対する不安は皆無となる。指が勝手に動いて、完璧な演奏をこなしている自分に気づく。でも、それは結局のところ、こなしているだけなのだ。はたして、うまく出来るというのはこういうことなんだろうか。それとも、この演奏は、ちっともうまくなんかないのか。

どちらなのか判断がつかないまま一ステージ目が終わり、休憩時間になって楽屋に戻ったとき、

「テツオ君、ちょっと」

ベースの水越さんに背中を叩かれた。

「ちょっと」と言われたままついていき、機材搬入口から建物の裏手へ出て、殺風景な空き地を眺めながら、「ちょっと」の後を聞かされた。

「心ここにあらずとまでは言わないけれど、何か考えごとでもしてるのかな?」

水越さんは常にこうだった。こちらの不調や、ちょっとした異変にいち早く気づき、的確なアドバイスやケアをしてくれる。

「いえ、すみません」

そう答えたものの、水越さんにそう見えているのなら、そのとおりなのだろう。

「バンマスがよく言ってたよ」

水越さんは空き地を眺めながらライターで煙草《たばこ》に火をつけた。蓋《ふた》をあけるときに小気味よい音が響く金属の塊みたいなライターだ。

「覚えてるだろ？」

気持ちよさそうに煙を吐き出すと、ため息が可視化されたように見えた。バンマスが――と水越さんがそう呼んでいるのは、無論、父のことで、楽団員は誰も僕のことを「バンマス」とは呼ばない。

「ニセの編集長なんです」とそう言ったときの太郎さんのくぐもった声が耳の奥でよみがえった。その声に倣って言えば、楽団における僕はニセのバンマスに過ぎない。

「楽器を鳴らしているのは指や口ではなくハートだぞって」

「ええ」

父のそのセリフは、たぶん僕がいちばん聞かされていた。

「そうだよな。こんなことはいまさら言うまでもないことだよな」

水越さんは苦笑していた。

「言いたいことはそれだけだ」
水越さんはまた僕の背中を軽く叩き、煙草の煙を残して楽屋に戻っていった。

二回目のステージに立ったとき、背中に水越さんの手のひらの跡がスタンプされているような気がした。そこには「ハートだぞ」と繰り返す父の声もスタンプされていて、おかげで一回目のステージとは打って変わって、演奏に集中できたように思う。

集中しているということは意識が働いているということで、意識し過ぎてミス・トーンを出してしまうかもしれないという危惧《きぐ》も含まれていた。あるいは、自分の中に芽生えた葛藤《かっとう》が緊張感を生み、張りつめた神経から生まれる絶妙なフレーズやトーンというのがあるのかもしれない。集中はそうして不安も呼び込むが、意外にも、しっかりと演奏をした充実感が得られる。たぶん——あくまで、たぶんだけれど——水越さんはもう僕の背中を叩かないと思う。

最後の曲を終えると、拍手がさっきより増したように感じた。

僕は満足して客席を見渡す。

すると、そこだけほのかにスポットライトが当たっているかのように一人の女性の顔が際立って見えた。

こちらはなにしろ視力に問題があるので、じつのところ、客席に並ぶ顔はよく見えない。しきりに目を凝らし、なんとか、その人の顔を見きわめようとしたのだが、はっきり確認する前に、

(なんとなく覚えがあるぞ)

と直感が働いた。

その人は僕と視線を合わせ、僕がその人だけを見つづけていることに気づいたのだろう。かすかに笑みを浮かべて大きく頷いてみせた。

サユリさんだった。

＊

演奏を終えて楽屋に戻り、虚脱状態で眼前の鏡をぼんやり眺めていたら、急に楽団員たちのおしゃべりが途絶えて、皆がこちらを見ている。なんだろう、と鏡ごしに目を凝らす

と、楽屋のドアの隙間《すきま》からサユリさんの顔が覗いていた。

楽団員は僕が動揺していることをすぐに見抜いたのだろう。

「哲生、おつかれさま」「いい演奏だったよ」「あんたのおかげだ、二代目マエストロ」

いくつもの声を浴び、声だけではなく、「さぁ、行った行った」と誰かに背中を押された。

押し出された廊下の暗がりにはサユリさんが立っていて、どうしてなのか、その顔のあたりだけ、ほんのりと光を浴びたようにやわらかく輝いている。

「あの――ごめんなさい」

サユリさんは頭をさげていた。

「曽我さんのお名前のあとに、試しにクラリネットと打ち込んでみたんです」

「ええ」と僕は彼女がどうしてここへ来ているのか、すぐに察知できた。

「インターネットで検索してみたら、今夜、こちらでライブがあると知って」

「いいえ、謝らなければならないのはこちらの方です」

僕も頭をさげた。

「クラリネットは吹いていないと嘘《うそ》をつきました」

「いえ、じつはわたしも——」

「とにかく」——楽団員から冷やかしの追い打ちをかけられる前に——「ここを出ましょう」と促した。

「おわびに食事をご馳走《ちそう》します」

「本当ですか」

サユリさんの目の色があからさまに変わったように見えた。

「ええ。もし、よろしければ」

「じつは、教えていただきたいことがあるんです」

「——なんでしょう?」

「このあたりで、いちばんおいしいハンバーガーのお店はどちらでしょうか」

「ちょっと待ってください」

素早く楽屋に戻り、クラリネットのケースを抱えてまた素早く廊下に戻った。

「夜中まで開いている、いい店があります」

「では、そこへ連れて行ってくださいますか」

廊下の壁に反響し、しっとりと耳に届いたサユリさんの声に、

「お安い御用です」

と躊躇なく答えた。

＊

いつもの隅の席でサユリさんと差し向かいになり、お目当てのプレーンなハンバーガーを前にして、二人ともかしこまっていた。サユリさんはハンバーガーに対してかしこまり、僕はもちろん、サユリさんに対してかしこまっている。

いや、こういうときにかしこまっていたら、きっと、おいしさが半減してしまう。つとめて肩の力を抜き、「さぁ、食べましょう」と率先して、いつもより荒々しくハンバーガーにかぶりついた。サユリさんの目が異様なほど輝いている。

「わたし、いま、目が大きくなってますよね」

こちらの胸の内を見透かしたように、おかしなことを言った。

「そう──です──ね」と頬張りながら答える。

「ミユキさんに言われたんです。サユリさんはおいしいものを前にするといつもより一・

五倍くらい目が大きくなるって」

「あ、それ、僕も言われたことあります」

いつだったか、妹に指摘されたのだ。

「だから、〈あおい〉にいるときの僕の目は基本的に一・五倍ですよ」

ハンバーガーを皿に戻し、口もとを紙ナプキンで拭《ぬぐ》った。

「そうなんですか。では、安心していただきます」

「ええ、それがいいです。食べるときは何も気にせず心安らかに、です」

今夜はどのみち、この店へ来て一人で食事をしようと思っていた。それが自分の定石で、楽団の面々とは歳《とし》が離れているので、帰りがけに寄る店も限られてしまう。だから、ライブのあとは一人で食事をすることが多かった。

しかし、今夜は違う。いつも一人で向かっている隅のテーブルを二人で挟み、同じつくりたてのハンバーガーを二人で食べていた。

強張っていたものがほどけたのか、サユリさんは僕の真似《まね》をして、しっかり両手でハンバーガーを固定し、口を大きく開いて勢いよくかぶりついた。咀嚼しながら味の細部を確かめるように首をかしげ、一・五倍になっていた目を閉じて「ああ」と唸《うな》っている。

「ええ」と僕も言葉が出てこなかった。本当においしいときは言葉のやりとりなど不要で、「ああ」「おお」「うう」「ええ」とア行の感嘆だけで事足りる。

ひとしきり食べてから、「でしょう?」と訊いてみると、

「ですね」とサユリさんは頷いた。「これは本当に絶品です。わたしが学生のころに食べていた味によく似ています」

「ああ、分かります。おいしかった記憶がよみがえるおいしさですよね。僕にとっては、サユリさんのつくるハンバーガーがそれなんです」

「そうなんですか」

「ええ。子供のころ、父に連れて行ってもらったお店があって、自分がハンバーガーを好きになったのはあのときが始まりだったんだなって、サユリさんのハンバーガーを食べて、あらためてあのときの気持ちがよみがえったんです」

「いま、そのお店は?」

「もう、とっくにありません」

「そうですか——でも、よみがえるってすごいことですよね」

サユリさんの目は普通の大きさに戻っていたが、ここではないどこか別のところを見よ

うとしているようだった。

「わたしも、今日、よみがえったことがあって――曽我さんのクラリネットを聴いてです」

急にクラリネットの話になったので、思わず「え？」と声がうわずってしまう。

「ああ、これだなって思ったんです。演奏している皆さんがお歳を召していらっしゃるのに最初は驚いたんですが、皆さん、リラックスして本当に心から音楽を楽しんでいるのが伝わってきました。その真ん中に曽我さんのクラリネットの音があって、それで、わたし気づいたんです。いまは曽我さんがこの楽団の――バンマス？――とおっしゃってましたよね、このあいだ」

「ええ、バンドマスターのことです」

「お父さまがされていたことを引き継いでいるというより、曽我さんを中心に音楽がつくられているのを実感しました。それも、とても楽しげにです。ああ、これだなって。わたしが楽団で演奏することに魅かれた最初の思いはこれだったなって」

「本当ですか」と、こちらとしてはそう言うしかない。「本当にそんなふうに感じましたか」

「ええ。それに、曲と曲の合間にお話をされていましたよね。子供の頃の港町の話」

「ああ。じつはあのとき、トロンボーンにトラブルがあって、なにか適当に話をしてつないでくれって頼まれたんです」

「そうだったんですか、そんなふうにはとても見えませんでした」

「ええ。いつもはあんなに長く話しません。咄嗟のことだったので何を話していいか分からなかったんです」

「すごく面白いお話でした。というより、そこでもうひとつ気づいたんです。曽我さんの声って、いつまでも聴いていたい声なんですよ」

サユリさんのその言葉で、つい、スイッチが入ってしまったのだと思う。

「じつは——」

と口が勝手にまわり始めた。

「僕は声の方が本職なんです。ラジオのDJをしたり声優の仕事もしています」

自分としては、かいつまんだ「あらまし」のつもりだったのだが、ひとしきり話をしたら、ひどく喉が渇いてコップの水をひと息に飲んでしまったくらいだから、「あらまし」どころではない。飲み干した空のコップをテーブルに置いて、急に自責の念に駆られた。

いい気になって滔々《とうとう》と語ってしまったが、サユリさんはインターネットで僕のことを検索したと言っていたから、おそらく僕のプロフィールも見ているだろう。ラジオや声優の仕事についても、すでに知っているに違いない。

というより、サユリさんは僕がどんな奴であるか、見きわめようとしてライブを観に来たのではないか――。

クラリネット奏者としての腕前を見きわめ、あるいは、サユリさんが立てなおそうとしているオーケストラで――〈鯨オーケストラ〉で僕にクラリネットを吹いてほしいと思っているのではないか。

でも、今日の演奏を観れば、いくら、われわれの楽団が〈モノクローム・オーケストラ〉などと名乗っていても、クラシックのオーケストラとはまるで別ものであると理解してくれただろう。どう転んでも、僕はクラシックのプレイヤーにはなれない。なりたいとも思っていない。それはそうなのだけれど、声を褒められて、ついつい余計なことを自慢げに語ってしまった。

自慢することなどひとつもないのに――。

こういうことを、お天道様《てんとさま》はきっと見逃さない。何か罰《ばち》でも当たるんじゃないかと覚悟はしていたのだ。

携帯電話のディスプレイに「オニマツ」の四文字が浮かび、その特異な文字の並びを目にすること自体、ひさしぶりだった。

「はい、曽我です」

と応答したとき、すでによからぬ予感がよぎって声が曇っていたかもしれない。

「オニマツです」

彼の声は、毎度のことながらいかにも弱々しくて、その名にそぐわない。だから、弱々しいことが嫌な予感を助長したのではなく、サユリさんに声の仕事について話してしまった途端、事務所のマネージャーから電話がかかってきたのが不安だったのだ。

「残念なお知らせなんですが」

オニマツの声は一段と弱々しくなっていた。

「ティム・ダイクが亡くなりました」

ああ。やはり、そういうことか。

本当に？　と確かめるべきなのだろうが、嫌な予感が先行していたので、これはもう本当なんだろうと肝《きも》がすわっていた。

「残念です」

オニマツの声はほとんど消え入りそうだった。

「残念だね」

僕はようやくそう応え、そのあとに何と言っていいものか頭の中が無になってしまった。

「『レインボー・ファントム』の新作は二週間後に撮影が開始される予定でした」

「それは本当に残念だったね」と僕は繰り返す。

「ええ、本当に」

オニマツも、それ以上、言葉が見つからないようだった。


ティム・ダイクはイギリスの俳優で、主に舞台で活躍をして少しずつその名を知られるようになった。二枚目と言うより「個性派」と謳われることが多く、ネット配信の連続ドラマで主役を演じたことがきっかけになって、本格的に映画の方に進出した。

そのネット配信のドラマは地味なプロダクションによる堅実な作品だったが、オニマツが健闘してくれて、主役――すなわちティム・ダイクが演じた「レインボー・ファントトム」と呼ばれるスパイの声の吹き替えを僕が担当することになった。主役クラスの吹き替えはそれが初めてで、僕としても気を張って臨んだところ、ドラマにつづいて映画化されたときに「ティム・ダイクの声は曽我さんじゃないと」とお墨付きを頂いたのだった。以降、映画はヒットしてシリーズ化され、僕は他に声優の仕事がほとんどなかったにもかかわらず、どういうわけか、「レインボー・ファントム」の吹き替えだけは途絶えることなく担当してきた。

ティム・ダイクは僕と同い年だったはずだ。持病があったと伝えられている。僕はいまのところ視力以外に健康上の問題はないが、ほとんど唯一と言っていい吹き替えの仕事がなくなってしまったのは体にも心にもこたえる。

オニマツとの電話を終えたあと、久しぶりに「レインボー・ファントム」シリーズのDVDを観た。いつもは自分の仕事の出来栄えを確認するために「吹き替え版」を視聴するが、彼の声が聞きたくなって、字幕版で観た。

サユリさんが僕の声を「いつまでも聴いていたい声」と言ってくれたが、僕にとっては、まさにティム・ダイクの声がそれだった。たぶん僕だけではなく、多くの人がそう思っているはずだ。だから、たいていは字幕版で観られているに違いない。

それでいい。いや、その方がいい。

それに、いまさらのように気づいたのだが、ティム・ダイクの声と僕の声はまるで似ていなかった。にもかかわらず、吹き替えの仕事に携わった多くの人が、口を揃えて「曽我さん以外は考えられない」と言ってくれたのだ。

ティム・ダイクの声を聞きながら、はたして吹き替えとはなんだろうと考えていた。

鯨オーケストラ

天国から帰ってきたスパイ

ああ、来るだろうな。きっと来る。来ないはずがない。

水越さんは、すべてお見通しなのだ。それはおそらく、水越さんがベース奏者であることと無関係ではない。

まずもって、あの大きな楽器だ。水越さんが愛用しているダブルベースは全長が百八十センチはある。ちょうど水越さんの身長と同じくらいで、なんというか、楽器が持っている風情が水越さんその人と似通っていた。シャープでありながら、どっしりしていて、ダブルベースはステージ上の立ち位置としても、たいてい後方になる。それで、楽器ごと後ろから楽団の全体を見ていてくれるように思う。

水越さんのような人がいつも後ろから見ていてくれるのは、このうえなく安心なことだ。安心であるけれど、常に鋭い観察眼がそこにあるわけで、それで僕のような、少々いんちきなプレイヤーは、その眼を恐ろしく感じてしまう。

「テツオ君」と肩を叩かれると、(あ、来た)とそのたび体がこわばる。だから、観念して(さぁ、来るぞ)と身構えていたら、

「テツオ君」

やはり来てしまった。右の肩にその大きな手があり、おそるおそる振り返ると、

「ちょっと話したいことがあるんだけど」

水越さんは声をひそめてそう言った。

(きっと来る)と予測していたのは、その日の僕の演奏が自分でも(心ここにあらずだな)と思えたからで、そんなプレイを水越さんが見逃してくれるわけがない。

ステージが終わる前から言い訳を考えていた。

「あの――」

と水越さんが口火を切る前に先制し、

「昨日、よく眠れなくて、まだ目が覚めていないんです」

そう言ってみた。それは事実だったし、めったにない昼間のステージのあとだったので、

「目が覚めなくて頭がぼんやりしていました」

そんな言い訳が出来なくもなかった。ところが、

「オレもだよ」

水越さんはそう言って、めずらしくハの字に眉を下げていた。ほとんど見たことがない弱ったときの顔だ。

「ちょっと表へ出ようか」

肩を叩かれたときの定石で、楽屋を出てさらに劇場の搬入口から外へ出た。搬入口や非常口から外へ出て話すのも定石だったが、まだ陽の高い時間というのがめずらしく、いつもは暗くて、裏口の外にひろがる風景がどんなものかよく分からなかった。

分からない方がよかったかもしれない。陽にさらされたその景色は、夜の想像とは大きく異なる、なんとも殺伐としたもので、おそらくは、かつてそこに大きな建物が建っていて、なんらかの理由で撤去されて更地になったのだろう。しかし、なんらかの理由でそのままほったらかしにされ、壊したときの残骸と思われるものが、あちらこちらに放置されていた。

生い茂る雑草の長さからも時間の経過がうかがえる。放置された鉄骨らしきものは、ことごとく錆び、海の方からゆるゆると風が吹いてくると、潮の香りに混ざって錆びた鉄の

匂いがこちらまで届いた。そこへ水越さんがくわえた煙草の香りが漂ってくる。

「もうさ――」

煙と言葉がからまり、

「もう昔みたいには出来ないのかなって思うときがある」

水越さんの声は弱々しかった。

「オレたちがやってる音楽って、ジジイになってもやれるだろうと思ってたんだけどさ」

「ええ」

僕も同じように考えていた。

「だけど、それはどうも違うみたいで――どうしてかって言うと、オレは若いときから休まず演奏してきたんで、若かったときの音が体の中に染みついてるんだよ」

僕は雑草に埋もれた錆《さび》だらけの鉄骨からなんとなく目を逸らした。

「というか、それがオレの模範というか、オレのスタイルでさ、だけど、楽団の演奏って自分ひとりのもんじゃないし、オレがいくら頑張ってもね――自分のスタイルを守り通そうとしても、楽団全体としては――」

「すみません」と僕は頭をさげた。「自分が足を引っぱっているのは自覚しています」

「いや、そうじゃないんだ」

水越さんは吸いかけた煙草からあわてて口を離した。

「テツオ君はなんの問題もないよ。オレが言っているのは——まぁ、名前は出さないけど」

水越さんは自らを「ジジイ」などと称しているが、楽団の中では僕の次に若い。ただし、若いといっても僕の倍に近い年齢で、他のメンバーはさらにその上ということになる。

「親父さんは音楽的にも突出していたけど、年齢的にも、みんなをまとめるのにちょうどよかったんだよ」

「すみません」と僕はもういちど頭をさげた。

「いや、そうじゃない」

水越さんがまたあわてて首を振る。

「そうじゃなくて、楽団として音をまとめていくために、なんて言うんだろう——年齢にともなう技術的なこととかね、そういったことを改善した方がいいんじゃないかって思うんだよ。だけど、若輩のオレとしては、どうしても気おくれして、こうしてテツオ君に話すようには話せない。ていうか、年齢について話すこと自体、はばかられるし」

それは僕も同じだった。

「きっとみんな、それぞれにもどかしい思いを抱いてるんじゃないかな」

水越さんはそこで言葉を切り、煙草を指にはさんだまま眼の前の景色をぼんやりと見ていた。

「一度、みんなで話し合ってみたらどうかなと思って」

「そうですね」と僕はすぐに同意した。「ありがとうございます」

「いや、いまはまだいいんだよ」

水越さんは不意に笑顔になった。

「ときどき、すごくいい演奏が出来てる。こないだの夜とかね。でも、この先はどうなるか分からない。オレの体がそう言ってる。こんな弱音を吐くのはオレらしくないんだけどさ」

＊

また風が吹いてきたのか、錆の匂いが急に強くなってきた。

なんだか、急に太郎さんに会いたくなった。

どうしてだろう？　まだ一度しか話をしていないし、話したことで、何かを分かり合えたとも思っていない。つまり、僕は太郎さんのことをまだほとんど知らなかった。

にもかかわらず、旧知の友人を思い浮かべるように彼の顔が思い出され、なんとなく昔から知っているような気がしてならなかった。

それはつまり、僕の中に——知らないあいだに——入り込んできたアキヤマ君がそう望むからなのか。もし、そうだとしたら、躊躇する理由などどこにもない。僕の中のアキヤマ君のためにも迷わず行動に移すべきだ。

水越さんとの話を終えたあと、楽屋に戻ってクラリネットのケースを抱き、

「おつかれさまでした」

とメンバー一人一人に挨拶《あいさつ》をして劇場を出た。

あらかじめ電話を入れて、「いまから伺ってもいいですか」と訊こうかとも思ったが、たしか、「どうぞ、いつでもふらっと来てください」と太郎さんは言っていた。

「ここはそういうところなんです。僕がそう決めたわけじゃなく、アルフレッドがずっとそうしてきたんです」

それが何より羨《うらや》ましかった。町の人々がふと思いついて立ち寄れるところ。そこへ行けば太郎さんがいて——仮に太郎さんがいなかったとしても、〈編集室〉の本を読みに来た誰かと出くわしたりする。子供のときから〈編集室〉で遊んでいた太郎さんは、アルフレッドさんの方針を事務的に引き継いでいるのではなく、水越さんも言っていたけれど、いつのまにか体に染みついているのだろう。

そこで人と人が出会い、今日はこんなことがあって——と言葉を交わすのも日常的な当たり前として繰り返されている。その場所でそうして繰り返されてきたことが、太郎さんという人を通して自然と伝播《でんぱ》しているのだ。

「本当にふらっと来ちゃいました」

そう言いながら〈編集室〉のドアを開いて中に入ると、机に向かって書きものをしていた太郎さんが、僕の顔を見るなり大きく目を見開いた。それからすぐに穏やかな顔になり、

「いらっしゃい、曽我さん」

「よかった。ちゃんと名前を覚えていてくれて」

「まさか、忘れませんよ」

驚いたことに、そんな挨拶をしているあいだに、もう次の来訪者があらわれた。その人は背の高い女性で、太郎さんが「ああ、カナさん」と親しげに声をかけている。

カナさんと呼ばれたその人は、僕や太郎さんよりずいぶんと年齢が上と思われ、（楽団のメンバーと同じくらいか）と思ったら、急に親しみが湧いてきた。

「曽我と申します――」と言いかけると、

「彼はクラリネットを吹くんです」

急に太郎さんがそう言い出した。いつの間にそんなことまで知っているのだろう。でも、サユリさんもよくここへ来ているはずだから、おそらく僕のことはたいてい耳に入っているはずだ。

カナさんと呼ばれた人は僕が抱えていた黒いケースをじっと見つめ、「その中に？」と簡潔に訊いてきた。

「ええ。はい」――僕も簡潔に答えると、

「楽器を奏でる人はそれだけで詩人の素質があると思うの」

ケースから僕の顔に視線を移し、ミユキさんや太郎さんとはまた違う強い眼差《まなざ》しで見られてしまった。

「カナさんは詩集をつくっているんです」

太郎さんの説明に、

「わたしが書いているんじゃないんですよ」

困ったような顔で首を振り、なんとなくそうなることが決まっていたかのように、カナさんが机の向こう側に座り、僕と太郎さんはカナさんの講義を受ける生徒のように机のこちら側に並んで座った。

「わたしも編集と出版をしています。それはそれは小さな出版社を営んでいて、太郎さんのような優秀な書き手に詩を書いていただくのが、わたしの仕事なんです」

カナさんは一見、外国人のような顔立ちで、それも彫りの深いギリシャの彫刻を思わせるところがあった。ぱりっとアイロンがかかった白いシャツを着て、机の上に置いたふたつの手は海辺に打ち上げられた流木のように繊細なしわを刻んでいる。

「気をつけた方がいいですよ」

太郎さんが小声で囁《ささや》いた。

「カナさんはこれという人を見つけると、すぐに『あなた、詩を書きなさい』って――」

「あなた、詩を書きなさい」

太郎さんが言い終わらないうちに僕の顔を見てカナさんが言った。

「それとも、もう書いていますか？」

「いえ」と僕は急いで首を振る。「小学校の国語の授業以来、一度も書いたことがありません」

「どうしてなの？」とカナさんは首をかしげた。「どうして、みんなそうなのかしら。せっかく学校で教わったのに、どうして詩を書かないの？」

そんなこと考えたこともなかった。

「もったいないと思わない？　だって、誰にでも書けるんですよ？　特別な技術がいるとか――それこそ、クラリネットを吹きなさいとかそんなことを言ってるんじゃないの。小学生のあなたにも出来たことなのよ。なのに、どうして書かないのかしら」

さて、どうしてだろう。いざ問い詰められると、本当にどう答えていいか分からない。

「人生はね、『なんて短いの』と思ったり、『なんて長いの』って思ったりするものなのよ。人によって違うし、そこまで生きてきた時間によって、短いと思ったり長いと思ったりするの。でも、わたしはそのどっちでもあると思っています。もちろん、長い方が嬉しいけど、長いと知っていたら、つい、だらしなく生きてしまうでしょう？　『あとでいいや』

って。だけど、その『あとで』がなかなかやって来ないんです」

「あの」と太郎さんがまた囁いた。「カナさんはこういう方なので、いつもこういう話をされるんです。曽我さんだけにじゃなく――」

「そうですか」と小声で応えると、

「ちょっと、太郎さん」

カナさんの声が大きくなった。

「わたしの話、聞いてます？　いま、とても大事なところを話してるんだけど」

「はい、すみません」

太郎さんは急に神妙な顔になった。

「ちゃんと聞いてますよ。あとまわしにしてはいけないって話ですよね」

「そのとおり」

カナさんは机の上に乗せていたふたつの手を組み合わせた。

「あとまわしにしては駄目なんです。人生は思いのほか長いものだけれど、長いって思うと、ついあとまわしにしてしまうから、やっぱり人生は短いって思った方がいいの。でもね、そうなると今度は、『こんなことしてる場合じゃない』って余裕がなくなってしまうでしょう？　それはもっと駄目です。急いで生きてしまったら、何もいいことがありません」

「では、どうしたら？」と訊くと、

「ちょうどよく歩いて行くんです。のんびりでもなく急ぐでもなく。人生は――いえ、人生のことなんてどうでもいいわ」

急にカナさんは大きく首を振った。

「あなた、詩を書きなさい」

僕の目をまっすぐに見て、もう一度そう言った。

＊

さて、どんな用事があったのか、カナさんはひとしきり詩について講釈を述べると、

「では、またね」

と言い残して、〈編集室〉を出て行ってしまった。

「いつもこんな感じなんですか」と太郎さんに訊くと、

「今日はいつにも増して颯爽《さつそう》としていらっしゃいました」

カナさんが座っていた椅子のあたりにはまだ濃密な存在感とでも言うべきものが残っていて、煙草の香りと爽《さわ》やかな香水が入り混じった匂いが、その存在感を縁どっていた。

「それで」——と僕は太郎さんにもうひとつ訊いてみたかった。「それで太郎さんは詩を書かれたんですか」

「いえ」と彼は声を落とし、「未完成のものばかりで、とても書いたとは言えません」

曖昧《あいまい》に首を振った。

「でも、書こうとしているんですね」

「というか、カナさんがこうして頻繁にいらっしゃって、そのたび、詩を書きなさいとおっしゃるので——まぁ、仕方なくというか——あ、でも、カナさんは誰にでも『書きなさい』と勧めているわけではないので、曽我さんはきっと詩を書ける人に違いないと見込まれたんです」

「僕がですか？」

なぜ、自分のような者に詩が書けるとみなされたのかさっぱり分からない。なにしろ、カナさんはほとんど一瞥《いちべつ》で「書きなさい」と言ったのだし、となると、僕の風貌《ふうぼう》に何かしら感じるところでもあったのだろうか。

「で、どうですか？　何か書いてみようと思いましたか」

太郎さんが冗談めかした口調になったので、「さて、どうでしょう」と僕も笑いながら答えた。

「でもね」

太郎さんはすぐに笑いを引っ込め、

「思いもよらないことに挑戦するのは、とてもいいことです」

一転して真顔になった。

「だって、ぼんやりしていたら、なかなかきっかけをつかめないじゃないですか。それこそ、詩を書いてみようなんて、普通に暮らしていたら思いつかないですよ」

いや、まったくそのとおり。

「でも、書いたっていいんです。自由なんです。僕もカナさんに言われて、そうか、自分も詩を書いていいのかって、ちょっと驚いてしまって」

「いや、よく分かります。まさに、いま同じように驚いています」

「つまり、僕の場合で言うと、『詩を書く太郎』と『詩を書かない太郎』っていうふたりの太郎がいるわけです。で、これまでは完全に『書かない太郎』だったわけですが、このままだと、一生、『詩を書かなかった太郎』として人生を終えてしまうと思うんです」

「そうですね、僕もこのままだと間違いなくそうなると思います」

「でも、書こうと思えば書けるんですよ？　ほんの一瞬で、『詩を書く太郎』になれるんです。いや、うまく書けるかどうかはこの際どっちでもいいんです。もちろん、うまい詩を書けたら嬉しいでしょうけど、そうそう書けるもんじゃないし——だからといって、一度も詩を書くことなく人生を終えてしまうのは——どう言ったらいいのかな？——ドライバーとして注意が足りないように思うんです」

「ドライバー？　ですか」

「ええ。僕のこの体を車にたとえるとしたら、運転手にあたるのは僕の意識や考えということになります。そのドライバーの部分があまりにいい加減というか——。だって、もういちど言いますけど、書こうと思えば書けるんですよ？　誰だって詩を書いていいんです。でも、なぜか書かずにきました。そう思ったら、なんだかもったいないような気がして。僕には分かるんです。自分は自分をほったらかしにしているって。一度も機会を与えることなく、なんとなくここまで来てしまったって」

「それって――」

僕はそこで急に扉が開かれた思いになった。

「それって、もしかして、詩を書くとか書かないとかじゃなく――」

「ええ」

こちらを見ている太郎さんの目が心なしか子供の目のように輝いて見えた。

「もしかして、すべてに言えることですよね」

「そうなんです。カナさんが僕に――いえ、僕らにですね――僕らに伝えようとしているのはそれなんですよ。詩を書くとか書かないとかじゃなく、これまで一度も経験していないことに、『いまこそ挑戦してみなさい』と言ってるんです。詩を書くことは、そのひとつに過ぎなくて――たぶん、なんでもいいんです。たとえば――なんだろう――ギリシャ料理をつくってみるとか、野菜を育てて収穫するとか、セーターを編んでみるとか――あとは何でしょう――そう――ハモニカを吹いてみるとかね。どれも、自分にとっては思いもよらないことだけど、どれも、さぁやってみようと思い立ったら、すぐに始められます。そう思ったら、どうして自分はこれまでハモニカを吹いたことがなかったのかなって――やろうと思えば、すぐに出来るのに――なんと、もったいないことをしているんだろうって」

そういえば、「レインボー・ファントム」シリーズの第三作目だったかに、主人公のスパイが天国に行ってしまうエピソードがあった。比喩としての「天国」ではなく、実際に瀕死《ひんし》の重傷を負って、天国——すなわち、あの世に行ってしまうのだ。

正確には、行きかけて帰ってくるので、なんとか生き返るのだけれど、ひとつながりの長い夢のようなものとして、天国がどのようなところであるかが精妙に描かれていた。

とりわけ興味深かったのは、こちらの世界と天国との関係性で、あるひとつの重要なルールがふたつの世界をつないでいた。それはそのまま、

「天国とはどのようなところなのか？」

という問いの答えにもなっていて、まずもって、天国というのはきわめて個人的なところなのである。一見、こちらの世界と変わらないように見えるものの、しばらく過ごしていると、いくつかの欠落に気づく。というのも、主人公は天国で探しものをしていて、とある事情から、六角レンチがどうしても必要になるのだが、これがどうしても見つからない。どうやら、天国には六角レンチが存在していないんじゃないか——と嘆いていると、

天国の案内係——というのがいたりする——が、そっと教えてくれるのだ。

「あなたは生きていたときに六角レンチを使って作業をしたことがありましたか」

「いいえ」と主人公は首を振る。

「では、六角レンチに触れたことはありましたか」

主人公はしばし考えて、また首を振る。

「いえ、触れたこともないです」

「となると、残念ながら、あなたの天国には六角レンチは存在しないことになります」

「どういうことでしょう?」

「いえ、簡単な話です。天国というのは、あなたが生きていたとき、じかに触れたり、たしかに経験したことによってつくられているんです。認識だけでは駄目なのです。たとえ、あなたが六角レンチというものを認識していたとしても、一度も使ったことがなく触れたこともないとなると、あなたの天国にそれは存在しません。もし、触れたことがなくても、写真や映像で見たことがあるとすれば、天国においても、それらは写真や映像によってもたらされます。いくら探しても現物はあらわれません」

こうした天国での経験——それは経験というより夢に等しいものかもしれないが——を

経て、主人公は息を吹き返したあと、真っ先に金物屋へ直行して六角レンチを購入する。

それればかりではない。これを機に、彼は生きているあいだにあらゆるものに自分の手で触れてみようと決意する。しかし、いざそう思い立ってこの世を見渡してみると、認識はあっても、実際に手で触れたことのないものが数限りなくあった。あれもこれもと触れていってもきりがない。とはいえ、そのまま触れずに放っておくと、それらはすべて自分の天国に存在しないことになってしまう。

「それはいかにも寂しいことだ」

さまざまなものに自分の手で触れながら主人公はつぶやく。

「ありがとう。これで天国に行っても、君とまた会えるだろう」

おかしなことに、主人公は次々と触れてゆく裁縫セットや、ボウリングのピンや葉巻カッターといったものを、いちいち「君」と呼び、物ではなく人と接するようにふるまって、「ありがとう」と感謝まで伝える。

太郎さんの話を聞いて、このエピソードを思い出した。

「ありがとう」というティム・ダイクのセリフを、僕は自分の声で吹き替えをしたので、まるで自分の経験のように、ガラス用接着剤やアイス・ピッケルや天秤《てんびん》ばかりに触れながら、「ありがとう」とつぶやく主人公が思い出される。

でも、よく考えてみると——いや、よく考えなくても、自分もまた葉巻カッターにもアイス・ピッケルにもボウリングのピンにも触れたことがない。すっかり主人公になりきって吹き替えをし、心をこめて「ありがとう」と口にしたのにだ。

＊

カナさんがそうしたように、僕も同じく、

「では、また」

と太郎さんに挨拶をして〈編集室〉をあとにした。

ティム・ダイクの映画を思い出してしまったせいか、天国から帰ってきたスパイの気分が抜けず、目に映るものすべてが知っているようで知らないものに見えてくる。

と同時に、自分はこれまでの人生で電信柱に触れたことがあったろうかと考えた。

あるいは、遊歩道に立ち並ぶ桜の木に触れたことはあったろうか。

（一度くらい、あるんじゃないか？）とは思う。でも、自信がなかった。

橋の欄干はどうだろう？　一方通行の道路標識はどうか？

もし、一度も触れたことがなかったら、天国へ行ったときに、それらはことごとく実体を失ってしまう。触れたくても、もう二度と触れることは出来なくなる。

たまらず立ちどまり、かたわらの電信柱におそるおそる触れてみた。

どうだろう？

なんだか初めてのような気がする。電信柱はおそらく無意識に何百本と見てきたはずだが、その丸みを帯びた表面を指先でなぞったことは一度もないようだ。それは、思いのほかざらっとしていて、軽く触れただけで指先にその感触が残る。

（ありがとう）と口には出さないが、ティム・ダイクになりきって胸の中でつぶやいてみた。

いったい、何に感謝しているのか分からない。でも、天国から帰ってきたティム・ダイクがそのセリフをつぶやく姿が理屈を通り越して自分の中にしっかりあった。

それだけではない。どういうわけか、かすかに音楽が聞こえてきた。

いまにも消え入りそうなかすかな音だ。自分のこの耳に届いているのではなく、記憶の底から立ち上がった旋律かもしれない。

もしかすると――はっきり覚えていないけれど――ティム・ダイクが「ありがとう」とつぶやくシーンに流れていた音楽だったかもしれない。

（ああ）と、もどかしいような、苦しいような、むずがゆいような、なんとも言えない思いがせり上がってくる。

（そういえば、音楽はどうなるんだろう）

（音楽を天国へ連れて行くには、どうしたらいいのか）

目に見えるもの、手で触れられるものはどうにかなる。でも、音楽のように触れることが出来ないものはどうすればいいのか。

自分が天国へ持っていきたいのは何よりも音楽だ。

そうか――楽器か。

ふいに肩からさげたクラリネットのケースが、ずしりと重みを増した。楽器があれば音楽を奏でられる。

（なるほど）とあらためて思った。わざわざ天国など持ち出さなくても、人は手に触れることの出来ないものを、消えてなくならないよう、さまざまな形で留《とど》められるよう、あれこれと知恵を絞ってきた。

音楽はそのひとつだ。見えないものや、ともすれば消えてなくなってしまうもの、もどかしさや苦しさや喜びや悲しさといった思いを、忘れないようにと旋律にうつした。のみならず、楽器なるものをつくり、たしかに手で触れられるものとして、音楽を人の手に引き寄せた。繰り返し再生できるよう、楽器に託して不確かなものを確かなものにしてみせたのだ。

かすかに耳に届く旋律は間違いなく聴いたことがあるもので、心が澄んで耳が澄んでいくと、

(これはいつだったか、演奏したことがある)

とケースの中のクラリネットに教えられた。

「G線上のアリアだ」

電信柱のかたわらに立ち尽くし、耳を澄ましてその旋律を追いつづけた。

鯨オーケストラ

光の中のアリア

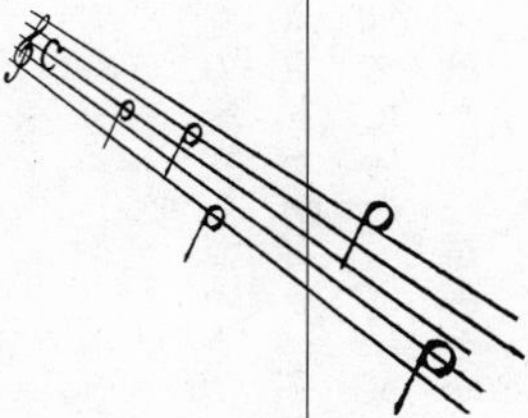

「G線上のアリア」を演奏したのはいつのことだったろう。

まだ父が健在だった。この曲について、父と意見を交わしたのを覚えている。

最初は練習曲として吹いたのだと思う。そもそも、クラリネットで演奏されるのは稀で、父は自らクラリネット用にアレンジをして、レパートリーに加えていた。僕は父が書いたオリジナルの楽譜を使っていて、どのように吹けばいいのか、細かい注意書きが父の字で書き込まれていた。

「この曲は何か神聖なものに引き込まれていくような感じがするよ」

父はそう言っていた。

でも、僕が感じたのは、どちらかと言うとその反対にあるものだ。

「何かに引き込まれていくのではなく、自分がゆっくり前へ進んでいくような、そんな気がするんだけど」

父にそう話したのを思い出す。最初こそ父は不可解な顔をしていたが、

「お前の思うとおりに演奏したらいい」

そう言っていた。だから、いまでもこの曲を耳にすると、ゆっくりと前へ進んでいくのを体で感じる。


電信柱のかたわらで、そんなことを思い出していたのだが、音楽は記憶の中から響いてくるのではなく、どうやら、実際にその楽曲がどこかで演奏されているようだった。でなければ、生の演奏に限りなく近い録音物を再生しているのかもしれない。

どちらなのか確かめたくなり、帰路とは反対の方角だったけれど、音が聞こえてくる方へ歩き出した。

自分が長いあいだ楽器を演奏してきたから、そう感じるのかもしれないが、いままさに演奏されている音楽には、録音されたものを再生するときとは違う何かが含まれているように思われる。音が直に肌へ伝わってきて、肌から体の中へと浸透してくる。

(これは、いままさに誰かが「G線上のアリア」を演奏していることを示していて、それ

も一人で演奏しているのではなく、何人かで合奏している）

そう推測し、音が聞こえてくる方へ近づいていくと、このあいだ訪ねたチョコレート工場の建物が見えてきた。

（なるほど）

合点がいき、

（そういうことか）

起きていることが、ようやく理解できた。

なるべく音を立てないよう、静かにチョコレート工場の中に足を踏み入れると、そこには想像していたとおりの光景があった。演奏を構成している楽器を予測していたのだが、予測どおり、ピアノとチェロとビオラとオーボエだった。

ピアノを弾いていた男性は太郎さんとさほど変わらない年齢と思われ、チェロを弾いていた人は、その彼よりふたまわりは歳上に見えた。オーボエは言うまでもなくサユリさんが吹いていて、ビオラを弾いていたのはサユリさんと同じくらいの歳格好の女性だった。

四人は誰ひとり譜面をひろげておらず、自由に合奏しているように見えた。機械的に音を揃えるのではなく、音よりも気持ちを揃えているのが伝わってくる。これこそ理想的な合奏で、譜面に縛られることなくラフに演奏しているからこそ生じる躍動感があった。「G線上のアリア」はさほど長い曲ではない。演奏を終えたあと、彼らはその余韻を味わうように、皆、目を閉じていた。だから、サユリさんが僕の存在に気づくまで、しばらくの間があり、気づくなり、

「あ、いらっしゃったんですね」

と、あたかもそうなることが約束されていたかのように平然としていた。その視線は僕が抱えていたクラリネットのケースに向けられている。

クラリネットを持参していたのは、めずらしく昼間にステージがあったからで、もちろんこのチョコレート工場へ——彼らの練習の場へ僕がやって来ることなど、誰にも予測できるはずがない。にもかかわらず、「いらっしゃったんですね」というサユリさんの口ぶりがそうであったように、僕もまた、自分はいまここでクラリネットを吹くことになっているのではないかと疑いもなくそう思っていた。

だから、誰も僕に尋ねようとしない。たとえば、「曽我さんは、『G線上のアリア』を知っていますか?」「演奏したこと、ありますか?」と訊かれてもいいようなものなのに、

もう何度も繰り返されてきたことが、また繰り返されるだけといったふうに、ごく自然と僕も演奏に加わることになった。

あるいは、ここにいる四人にしてからが、何ら示し合わせることもなく、思いつくままなりゆきに任せて演奏しているのかもしれない。

とはいえだ——。

少なくともサユリさんは、僕がクラシック音楽のプレイヤーではなく、ジャズ畑の人間であると知っている。たしかにクラシックのよく知られた曲のいくつかは、ジャズの形式にアレンジされて、すでにスタンダードになっているものもある。しかしそれは、あくまで「いくつかある」といったレベルで、つまりは、そういくつもあるものではない。ましてや、僕が演奏したことがある曲となると、さらに限られてくる。

だから、譜面が用意されていない、その場のなりゆきで、「G線上のアリア」が演奏されていたのだとしたら——というか、そうであったに違いないのだが——僕はもう、ここでこの人たちと一緒に演奏するより他ない。

それは運命の如《ごと》く決められていたからそうするのではなく、電信柱のかたわらで音楽を感じてから、ここへ来るまでのあいだに、「自分も一緒に演奏したい」という思いが、それこそ、ゆっくりと前へ進んでいくように昂《たか》まっていたからだった。

「では、一緒に、『G線上のアリア』を演奏してみましょう」

そんなかけ声すらそこにはなく、誰かがカウントをとったわけでもないのに、最初の一音からして、皆の気持ちがぴたりと揃っていた。そんな経験はひさしぶりだった。

思えば、合奏することの喜びは、こうしたところにあるのではないかと体が思い出している。それぞれの音は、それぞれの楽器から奏でられる個別のものだけれど、それらがひとつに合わさることで、個別に奏でられたときとはまるで違うものになっていく。

しかし、ときどき、それとはまた別の感興を味わうことがあった。それは、そうしてひとつに合わさった音こそが本来の姿であるという考えに基づくもので、奏でた音が、もともとのあるべき状態に回帰していくような感覚に巻き込まれる。自分の音や楽器が個別の輪郭を失い、得体の知れない大きなものに溶け込んでいくような心地がするのだ。

父が言った「神聖なものに引き込まれていくような感じ」に通じるかもしれない。

五人で演奏し始めて、すぐにその感じに呑まれ、演奏をしている意識すらなくなってくると、何かもっと別のものを立ち上げているような手応えがやってきた。

でも、それが何であるかは分からない。

何かとても輝かしいような、光を孕んだものが体の内側と外側にあらわれている。

そのとき演奏している楽曲が影響するのかもしれないし、楽曲の特性を越えた音の力とでも言うべきものが、そこにあるはずのないものを顕現させているようにも思う。

ふいに、「あなた、詩を書きなさい」と言ったカナさんの声が耳の奥から聞こえてきた。

カナさんのその言葉を自分なりに受けとめるなら、

「言葉にならないものを言葉にしてみなさい」

ということだろうか。

だとすれば、音の狭間《はざま》から立ち上がってくるその輝かしい何ものかは、まさに言葉に置き換えるのが不可能なものであるように思う。その不可能なものを、それでも何とか言葉にしてみなさい、とカナさんはおそらくそう言っているのだ。

それは、ゆっくり流れている——。

最初に思い浮かぶのはそんな言葉だ。

僕はそこからすぐに川を連想する。自分にとって、ゆっくり流れているものと言えば川で、いつでも自分のすぐそばにあった。

いや、いまでも、それはすぐそばにある。いまでも常に川は自分の中に流れていて、川のすぐそばで生まれ育った者であれば、多かれ少なかれ、そう思うのではないか。

――が、そう思った途端、音楽の力というより、音楽の魔法にかかったように奇妙なことが起きた。

奇妙であると感じたのは、それは僕の知らないものでありながら、よく知っているものだったからで、いつからか自分の中にあり、分かっているのに見て見ぬふりをしていた。分かってはいたけれど、うまくつながっていなかったのだ。

それが、ここでこうして五人で演奏をした途端、水が流れるように――水が流れてひとつの川になるようにすべてがつながりつつあった。

僕が生まれ育った河口の町にはいまも川がある。でも、その川をさかのぼっていくと、川はいつしか暗渠に呑まれて見えなくなる。そこに流れてはいるけれど、確認のできない見えない川になってしまう。

僕はそのことを知っていて、認識もしているし意識もしている。だから、サユリさんであったか、それともミユキさんであったか、

「すぐそこに川が流れていた」

とそう言ったとき、「すぐそこ」とはチョコレート工場のすぐ横を意味し、太郎さんの〈編集室〉の目の前であることも分かっていた。何より、〈キッチンあおい〉の店名の由来は、川の上に架かっていた〈あおい橋〉からいただいてきたものに違いない。

最早、地図を確かめても、そこに川の存在は残されていないのだが、僕が生まれ育った町に流れるあの川をさかのぼれば、川はそのままこの町の暗渠に流れる――すなわち、かつてこの町に流れていた「すぐそこ」の川につながっている。

それはひと筋の同じ川なのだ。

無意識が意識するというのはおかしな言い方だが、僕の無意識はすでに知っていた。

この町に、かつて鯨がさかのぼってきたという伝説がのこされていて、まさにその鯨の骨がチョコレート工場の中によみがえろうとしている。それはつまり、「すぐそこ」の川が海につながっていたからで、ここにこうして標本として組み上げられている鯨は、およ

そ二百年前のある日、僕の町のあの河口からここまでさかのぼってきたのだ。

僕はそれを無意識のうちに理解していた。

いや、それだけじゃない。僕がいまここでこうしてクラリネットを吹いているのは、アキヤマ君という一人の少年に導かれてのことだ。

僕の無意識は知っている。ミユキさんが最初にアキヤマ君のことを話してくれたとき、彼が行方不明になってしまったのは、「水の事故で遭難」したからだと言っていた。川がつながっているように、すべてがつながっている。

いずれも、確かなことは分からないけれど、ベニーが、天に召された日のことはよく覚えている。ちょっとした事件があったからだ。

あの日は落ち着かない天気の日で、とにかく川の増水が著しかった。夕方を過ぎると、より激しさが増し、事件は夜になって起きるべくして起きた。

繰り返すけれど、僕は詳細を知らない。あの日、川で起きたことよりも、ベニーが息を引き取ったことの方が、我が家では一大事だったからだ。

でも、何が起きたのか、おおよそのところは知っている。

少年が二人、川に流されてきた。それ自体は僕が生まれ育った町の歴史において、さほどめずらしいことではない。異例だったのは、彼らが結構な距離を流されてきたということと、二人とも無事であったということだ。

しかし、実際のところ少年は三人いて、一人だけ行方不明になったという噂を耳にした。

いずれにしても、二人の少年が救出されたちょうどそのころ、ついにベニーの命が終わりを迎えて、最後に大きなため息をついた。あたかも、その口から魂が抜け出たように思えた。さらには、その抜け出た魂が僕の中に入り込んだのだと、十七歳だった僕はそう感じた。

まさか、その魂がベニーではなくアキヤマ君の魂であったとは思わない。でも、無事であった二人の少年のうちの一人が太郎さんであったことは、たぶん間違いない。

そうしたことすべてが音楽の向こうの光の中にあった。

すべてがひとつにつながっていた。

＊

それから、あきらかに異変があった。

それで、すぐに〈卓馬眼科院〉に予約を入れたのだ。医院に向かうあいだも異変は感じられ、診療室の椅子に座ってタクマに診てもらったところ、

「それにしても、アンタはおかしな奴だよ」

いつもどおりの診断を彼は繰り返した。

彼が「おかしな奴」と言い募るのは毎度のことで、いまさら異議を唱えるつもりはないが、

「おかしな奴って？」

と、いちおう訊いておいた。

「だって、そうだろう。異変があるって言うから、何事かと思ったら、見えづらくなっていた視界がすっきり見えるようになったって。それは、はたして異変なのか？」

「いや、しかし」と反論した。「つい昨日まではなんとなく視界がぼんやりして、視力の衰えを痛感していたんだよ。でも、今朝になったら改善されていたというか――元に戻ったというか」

「精神的なことかもしれないな」

タクマは急に医者の顔に戻って、宙の一点を見つめていた。頭の中の医学全書にアクセ

スしているのだろう。

「何か変わったことはなかったか？」

そう訊かれて、すぐに思いついたのは、何日か前の——あれから何日経ったのか？——あのチョコレート工場でのセッションだった。

思いがけないかたちで合奏することになったのが「特別」だったのか、それとも、「G線上のアリア」という選曲がもたらしたものなのか、そこのところは分からない。たぶん、「そのふたつが合わさったもの」が正解で、以来、この数日、僕が考えてきたのは、あれは偶然の産物だったのか、それとも当然の成り行きだったのかという疑問だ。

この答えもまた「そのふたつが合わさったもの」なのかもしれず、あのときの演奏は、またとない素晴らしいものだったと演奏していた皆がそう感じたはず。

ただ、その特別な感慨が僕の視力を左右しているというのは、いささか神秘的すぎる。タクマは「精神的なこと」という言い方をしたが、あの日の演奏が僕に晴れやかな気持ちをもたらし、その作用で視界も晴れ渡ったということだろうか。

もし、そうだとするなら、それはどうしてなのか——と考えるうち、追い討ちをかけるように思いがけないことが起きた。

きっかけは一ヶ月ほど前にさかのぼり、深夜ラジオのディレクターであるマナミさんから「曽我さんの番組、すごく好評です」と嬉しい報告があった。

「それで、もっと広く曽我さんの声を届けたいと思いまして、放送自体はローカルなままなんですが、番組のホームページにアーカイブを設けて、いつでも過去の放送を聴けるようにしたらどうかと思いまして」

その許可を求められたのだが、断る理由などあるはずがない。

たしかに、ローカルな放送ならではの気安さはあったかもしれないが、かといって、地元の話題に終始していたわけでもない。自分としては、特定の人たちに向けて放送しているつもりはなく、だから、ウェブ上で誰もが放送を聴けるというのは、むしろ願ってもないことだった。

驚いたのは、アーカイブのコーナーが出来てしばらくすると、送られてくるメールや葉書の数が倍増したことだった。リスナーのデータに目を通すと、国内のさまざまな地域だけではなく、国外からも「聴いています」とメッセージが届いていた。

そうしたことすべてが僕には思いがけないことだったが、それらを凌駕するものが――

一通の封書が局に届いた。

その封書は裏面に差出人の住所も名前もなく、そのかわり、やさしげに笑う女性のイラストが描かれていた。

(なんだろう?)

何通かあった封書の中で、とりわけその一通に目がとまったのは、そのイラストがこちらに語りかけてくるような気がしたからで、実際、封を切って中の書面を読み始めると、その最初の一行は、
ソガ君、ひさしぶり。

と、まさに語りかけてくるようだった。

が、その次の行を読んだ途端、息を呑むというより、息がとまりそうになった。

お元気そうでなによりです。多々です。

多々なんていう名前は、いくらソガ君のラジオをたくさんの人が聴いているといっても、

きっとわたし一人でしょう。だから、わたしが誰か分かりますよね？　でも、わたしの方は、最初、探り探りでした。この曽我哲生さんは、本当にあのソガ君なのかなって。

番組のことは前から知っていて、でも、わたしはもう西島町から離れてしまったので、放送を聴くことは出来なかったんです。

ふと、町のことを思い出しては、どんな様子なのかインターネットで検索していたんです。それで、たまたま番組の存在を知って、そこにソガ君の名前を見つけました。

え？　もしかして、あのソガ君なの？　そう思って番組のホームページを見たら、すっかり大人になったソガ君の写真があって、ああ、やっぱりと嬉しくなりました。

それでも、放送自体は聴けなかったんですが、ときどきホームページを覗いていたら、なんとアーカイブができていて、これまでの放送が聴けるではないですか。

わたしはいまも絵を描いていて、といっても昔みたいな絵ではなく、ちょっとした挿絵とかイラストを描いています。で、毎日、絵を描きながら、ソガ君のこれまでのラジオをさかのぼって聴かせていただいたのですが、なんと驚いたことに、何回目かの放送で、わたしのことを話しているではないですか。

びっくりして声をあげちゃいました。ソガ君があの絵のことを覚えていてくれたこと、わたしにとっては一番の勲章です。

だけど、だけど――謹《つつし》んで謝らなくてはなりません。

ごめんなさい。ソガ君はあの絵がどうなったのか、どこかに展示されたことがあるのか、それとも、わたしのアトリエに眠っているのか――と、そう言っていました。

答えは、「わたしにも行方が分かりません」です。

じつは、あの絵を描いてから、何年かあとに個展のお話があったのです。とある小さなギャラリーでの展示でした。ところが、準備を整えて、さぁ、いよいよ明日がオープニングというその夜に、ギャラリーに泥棒が忍び込んで、展示されていた絵がすべて盗まれてしまったんです。

どうして、無名のわたしの絵を盗んでいったのか分かりません。おそらく、近くのギャラリーで開催されていた著名な画家の展示と間違えてしまったのでしょう。だったら、さっさと返却してくれたらよかったのに、それっきり戻ってきません。

そして、ごめんなさい――その幻となってしまった展示会に、ソガ君のあの肖像画も出品していました。

いま、こうしてこの手紙を書いていたら、なんだか急に泣きたくなってきました。だって、せっかくこうしてソガ君に、あの絵のことでお話ができるのに、肝心の絵がなくなってしまったんですから、まったく残念です。

ソガ君、ラジオで言ってましたよね。絵の中の自分は十七歳で、もし、あの絵がいまもどこかにあるなら、そこに十七歳の自分が閉じ込められているって。

どこにあるんでしょう？　わたしの絵を盗んだ泥棒は自分の過ちに気づいたはずですから、絵をお金に換えることもできず、持て余して廃棄してしまったか、それとも、どこかの倉庫か押し入れにでも眠っているんでしょうか。

「あるんですよ」

そう言いながら、僕はつい立ち上がってしまい、局のスタッフの注目を浴びて、

「あ、いえ、すみません」

と席についた。

あるんですよ、多々さん。ちゃんとあるんです。

なんともどかしくて、いてもたってもいられなくなったが、どうにか目を閉じて深呼吸をひとつした。

気を落ち着かせてから、手紙のつづきを読む――。

わたしも、もう一度、あの絵を見たいです。絵の中の十七歳のソガ君に会ってみたい。

でも、わたしが見たところ――いえ、耳にしたところ、ソガ君はあの頃と何も変わっていないように思います。

そんなことを言ったら、自分はまるで成長していないのかと悩んでしまうかもしれませんが、そこがまた十七歳のままで、そんな様子がラジオのお話から伝わってきます。

でもね、わたしが言いたいのはそういうことではないんです。

十七歳のソガ君は、あの絵の中だけではなく、いまのソガ君の中にしっかり健在であるということです。

時間というのは不思議なものです。歳をとるってどういうことなんだろうと思います。

だって、わたしとソガ君の時間はあの頃のままとまっていて、こうして手紙を書いていても、まるで、あの頃のソガ君に手紙を書いている気分です。

それだけじゃなく、わたし自身もあの頃のわたしに戻ってしまい、では、この十六年余りの時間はどこへ行ってしまったのかと戸惑います。

もしかして、どこにも行っていないのか、と。

きっと、時間は過ぎていくのではないのです。どこかへ消えてしまうわけでもありません。すべての時間は自分の中にあり、それが少しずつ積み重なっているんです。

絵を描いているときと分かります。わたしはあのとき、十七歳のソガ君を描いたけれど、描いているあいだも時間は流れました。だから、そこに描かれているのは、ひとつの時間ではなく、描いているあいだに流れたすべての時間が積み重なっているんです。

人もまた同じです。年齢はただの数字でしかありません。

たまたま、一番上のカードに「17」と書いてあるだけで、その下には十六枚のカードが重なっています。その十六枚がなければ、「17」は成立しません。積み重なった十七枚のカードすべてがそのときの自分なんです。

ソガ君はいま、三十三歳になったのでしょうか。となると、それは○歳から三十三歳まで、三十四人のソガ君によってつくられた曽我哲生ということになります。

いえ、人は日に日に変化していくということを考慮すれば、そこへ一年＝三百六十五日をかけて、一二四一〇人のソガ君があなたの中に同居していると考えられます。

おかしいでしょう？　絵を描いていると、そんなおかしなことばかり思いついてしまいます。だから、絵のことはもう忘れましょう。

絵のことは忘れて、わたしはいまのソガ君にお会いできたら嬉しいです。

きっと、お忙しいでしょうから、なかなか、そのような機会はいただけないでしょうが、あのとき、ソガ君に「あなたを描いてあげる」と言った自分を思い出しています。ずいぶん強引だったなぁと。でも、強引になってしまうときの自分にはいつも理由がなく、理由がないから、きっとそうする必要があるのだとわたしは信じてきました。

なんだか、あのときより強引な気がしますが、いまのソガ君に会って、あなたの眼があの頃と変わっていないことを、ほかでもないわたしが確認すべきではないかと。

ああ、強引ですね。でも、もう一度繰り返しますが、何かが強引に行われるとき、そこには何かしら意味があるのです。

まぁ、ここまで言わないと、ソガ君はこの手紙を読み流してしまうかもしれないので。

勝手なことばかり書きました。もちろん読み流して下さっていいのです。それでも、少しばかりの期待をこめて、わたしのメールアドレスと住所をここに記しておきます。

どうか、元気でね。

わたしもソガ君の声を聴き、元気よく絵を描きながら暮らしていきます。

鯨オーケストラ

再会

多々さんの手紙を読んで思うところがあった。

それは、多々さんがアーカイブで公開されている僕の番組をすべて聴いているわけではなさそうということだ。「さかのぼって聴いた」と多々さんは書いているけれど、文面から察するに、最新の放送からさかのぼるようにして聴いたのではなく、実際は第一回目から順を追って聴いてくれたのではないかと思われる。

というのも、僕がかつて絵のモデルをしたことをラジオで話したあと――たしか、その回から三回くらいあとだったと思うが――リスナーから届いた葉書を紹介し、あの絵が「とある美術館」に展示されているらしいと話しているからである。

きっと、多々さんはその回を聴く前にこの手紙を書いたのだろう。だから、あの絵が健在であることを知らない。あるいは、手紙を書いたあとにその回を聴き――僕がそうであったように——いてもたってもいられなくなっているかもしれない。
それで僕は手紙に記してあったアドレスへすぐにメールを書いて送った。

多々さん、おひさしぶりです。

お手紙をありがとうございました。あまりにも思いがけないことで、まだ、お手紙をいただいたことが信じられません。でも、どうしても急いでお伝えしたいことがあり、信じられない思いのまま、こうしてメールを書いています。

僕はあの頃から変わらず未熟者で、それを多々さんは僕のラジオの声から的確に読みとっていました。相変わらず何ひとつ自分一人で決めることが出来ず、不甲斐ないままここまで来てしまいました。

思えば、僕は父にたすけられ、父が亡くなったあとは妹の助言に耳を傾け、そしていまは僕のラジオを聴いてくれるリスナーの皆さんが支えになっています。

多々さんにお伝えしたいのは、そのリスナーからのレスポンスに関わりがあるのですが、とあるリスナーからいただいた葉書に聞き捨てならないことが書かれていたのです。

もしかすると、手紙を書いてくださったあとにアーカイブで聴いてくれたかもしれませんが、多々さんの絵のモデルをした話を受けてリスナーから届いた葉書を紹介したのです。そこには、とある美術館に展示されている肖像画が、まさにその絵ではないかと書いてありました。

とはいえ、リスナーの皆さんは僕が十七歳の頃、どんな顔をしていたか知らないはずです。ですから、いまの僕の顔から引き出した推測に過ぎないのですが、そのリスナーが「なんとなくそうではないかな?」と思ったように、僕もまた「あるいは、もしかして」と思ったのです。

それで、なんの確証もないまま、教えてもらった美術館へ出向いたのですが、もし、まったく違う絵であったとしても、ひさしぶりに美術館を訪ねて展示されている絵画を眺めるうち、自分にはこうした時間が必要だったのだとまずはそう思いました。

そのことだけでも充分な収穫だったのですが、多々さん、驚いたことに、リスナーの推測は当たっていて、その美術館の常設展示室に、あの絵が——多々さんが描いてくれた僕の肖像画が展示されていたのです。

見つけたときは身がすくみました。

そして、じつは多々さんが手紙に書いてくださったことを、あの絵を観ながら僕もまた感じとっていたのです。それはつまり、三十三歳になったいまの僕の中に、五歳の僕も、十七歳の僕も、二十歳の僕も、二十九歳の僕も含まれているという感慨です。

おかしなことですよね。あの絵はあくまでも十七歳の僕を描いたものなのに、その時点では未来に属していたはずの二十歳や二十九歳やいまの僕まで、すでにあの絵は予言のように孕んでいました。だからこそ、そのリスナーがその絵を観たとき、いまの僕しか知らないのに「そうではないか」と感じとったのではないでしょうか。

ですから、多々さんが書かれていた、いまの自分に過去のすべての自分が含まれているというのは、とてもよく分かります。過去だけではなく、未来の自分までもが含まれていたのです。

そんな絵を多々さんは描いたのです。

あの時点ではそこまで予測できなかったはずですが――それとも多々さんは絵がそうした力を持ち得ることをご存知だったのでしょうか――いま、多々さんがあの絵をご覧になったらどのように感じるのか、なにより多々さんに訊いてみたかったのです。

それゆえ、思いがけず、お手紙をいただいたことは大きな驚きでした。

すみません、長くなりました。

お話ししたいことはたくさんありますが、まずはいちばん大事なことをお伝えしました。

お時間のあるときにお返事いただけましたら幸いです。


多々です。


まさか、こんなにすぐにソガ君から返事がもらえるなんて。

手紙を書いたときは、時間的にも空間的にも離れたところにソガ君がいて、本当にこの手紙をソガ君が読むのだろうかと半信半疑でした。でも、こうしてすぐにメールをいただき、十六年のブランクは嘘のように消えています。なんだか不思議でたまりません。十六年間、身近に暮らして過ごすことと、顔を合わせることもなく遠く離れて暮らすことにどのような違いがあるのだろうかとそんなことまで考えています。

それにしても驚きました。あの絵がわたしの知らないところで、知らないあいだに展示されていたなんて。

もし、ソガ君のラジオを聴かなかったら——そして、もし、ソガ君に手紙を書いていなかったら、わたしはこの事実を一生知ることなく過ごしていたでしょう。

あのとき一緒に盗まれてしまった何十点もの絵が、もしかすると、その美術館に流れ着いているのかもしれません。どうして、そこへ辿り着いたのか分かりませんが、これはもう「不思議」などという気持ちを通り越して、まったく実感が湧いてきません。

さて、どうしたらいいのでしょう。気持ちが落ち着きません。まずはどうするのが一番いいのかとソガ君のメールを読んで考えています。

兎《と》にも角にもその美術館へ出かけ、あの「十七歳のソガ君」に再会することを優先すべきなのか、それとも、三十三歳になったソガ君にまずはお会いし、そこから時間をさかのぼって絵を観るべきなのか。

わたしはもちろん、どちらのソガ君にも会いたいです。

手紙にも書いたとおり、いまのソガ君に会えば十七歳のソガ君にも会っていることになるのだとわたしはそう思っていますが、あの絵が「未来を孕んでいた」とソガ君が感じたことに意表をつかれました。そんなことを聞いてしまったら、時間だけではなく空間も飛び越えるようにして、いますぐ、その美術館へ走って行きたい気分です。

ソガです。

メールをありがとうございました。

そうですよね、いますぐ、観に行きたいですよね。

そうおっしゃるだろうと思って、美術館の開館時間や休館日を調べていたところです。いますぐといっても、さすがにもう夜も遅いですし、最短は明日ということになるかと思います。僕は明日でもかまいません。僕も多々さんに早くお会いしたいですし、先のメールにも書いたとおり、多々さんがあの絵をひさしぶりに観て、どんなふうに感じるのか知りたいです。


すみません、つい心が逸《はや》って勝手なことを書いてしまいました。僕は多々さんがいまどのような生活をされているのか知りません。「明日でもかまいません」などと書いてしまいましたが、きっと性急すぎますよね。

とりあえず、美術館の名前と住所を記しておきます。

ご覧になった上で――たとえばですが――明日、行くことができるというのであれば、美術館の入口で待ち合わせするというのはどうでしょう？

本当になんだかおかしな話です。十六年間、ずっと離れていたのに、こうしてわずかなやりとりを交わしただけで、明日にでも会えるかもしれないなんて。

いいえ、どうか無理をなさらず。多々さんのご都合のいいときをお知らせ下さい。

多々です。

何を言っているの、ソガ君。

わたしは、こんな夜中であっても美術館まで走って行きたい気分なのよ。

教えていただいた美術館にわたしは行ったことがありません。でも、いま住んでいるところから電車を乗り継いで二時間ほどで行けると思います。

ソガ君が、わたしについてどんな想像をめぐらせているのか分かりませんが、「相変わらず」とソガ君が自分のことをそう言ったように、わたしも自分としてはまったく変わることなく、相変わらず、気ままに好きなようになんとか生きています。だから、毎日時間にしばられるような仕事はしていません。

ひとつだけ言うと、わたしはいま子供たちに絵を教えていて、一週間のうちの何日かは、いま住んでいる借家のアトリエを子供たちが絵を描く場所として開放しています。

でも、明日はその日ではありません。だから、明日の——美術館が開館する——午前十時に——待ち合わせすることは可能です。というか、ぜひそうしたいです。

そうしましょう。

明日、十時に。美術館で。

分かりました。

それでは、明日午前十時に美術館の入口でお待ちしています。

調べてみたところ、現在、企画展はポール・モカシンという画家の展示を開催していて、僕が観に行ったときも同じ展示をしていました。とても興味深い展示なので、ご覧になってもいいかと思いますが、まずはあの絵を観ますよね?

そうしましょう。

では、また明日——。

ひとつの場所に出かけていくことが、これほどいくつもの意味を持つことはないように思われる。それは、アパートの部屋を出て、あの美術館へ向かう道のりであったけれど、そこへ行けば多々さんと会うことができ、他でもない多々さんと一緒に十七歳の自分を描いたあの絵と、また対面することになる。

一人で対面したときもさまざまな思いが去来したが、多々さんと二人でということになると、はたして、どのような思いが立ち上がってくるのか想像もつかない。

でも、そんなふうにこれから起きることを予測する時間は、美術館が近づくにつれて希薄になっていた。かわりに何か淡い光のようなもの――仮にそれを「未来の光」とでも呼ぶなら、その光の中心に多々さんがいる。

僕はそして、その光の方に近づいていた。

ふいに、港町の〈銀星座〉へ通っていた十七歳の自分の体感が戻ってきた。あれは美術館ではなく映画館であったけれど、町の中に組み込まれた別の世界を見せてくれる「館」

であり、同じようにいつもそこにあって、館の中は常に薄暗かった。そして、その館の入口には多々さんがいて、あの魅惑的な低いボイスで、

「ソガ君、いらっしゃい」

と声をかけてくれたのだ。

そっくり同じことがまた繰り返されている。

美術館の入口に到着したのは開館時間の八分前だったが、そこに一人の女性がまっすぐ立っていて、僕がやや足早に近づいていくのを微笑《ほほえ》みながら見ていた。

多々さんだ。

「ソガ君、いらっしゃい」とあの声が聞こえる。

おかしい。美術館へガイドしたのは僕の方なのに、いつのまにか、僕が多々さんに迎えられている。でも、それで間違っていないのだ。

この館の中には多々さんが描いた絵があり、おそらく僕はどのような道を歩いて、どのような人生を送ってきたとしても、こうして多々さんにガイドされるように、あの絵と――十七歳の自分と向き合う筋道になっていたのではないか。

多々さんにしても、こうなるのが当たり前であったかのように、

「ひさしぶり。元気そう」

夏休み明けに映画館の窓口で声をかけてくれたときと、すっかり同じ表情だった。一枚の絵によって時間は十六年前に接続され、手紙とメールのやりとりがあったとはいえ、つい先週も顔を合わせたように僕と多々さんは自然と頷き合っていた。「歳をとったね」もなく、「いつ以来だろう」といった無意味な振り返りをする必要もなかった。

迂闊《うかつ》にも前回は気づかなかったのだが、もし、常設展だけを観たいのであれば、企画展を迂回して、直接、常設展の展示室に進む通路があると受付で教えてもらった。いずれにしても、企画展のチケットを買う必要があり、「どうしますか」と多々さんに伺うと、

「わたし、このポール・モカシンという人の絵は、ぜひ観てみたい」

と、すでにポスターにあしらわれた数点の絵に興味を抱いている様子だった。

「では、どちらを先にしましょうか」

「なに言ってるの、ソガ君。もちろん、ソガ君を先に観るに決まってるじゃない。そのた

めに早起きしてきたんだから」

そうした多々さんの話しぶりも、かつてと何ら変わっていなかった。まずもって、多々さんには迷いがない。迷ってばかりいる自分にとって、その潔さに憧れに近い思いを抱いてしまう。

その潔さは常設展の展示室へ向かう足どりにもあらわれていて、一応、僕がガイドするつもりだったのだが、その必要はないようだった。もしかして、多々さんはすでにここへ来たことがあるのではないかと思ったほどだ。

だから、あの絵の前に立つまで、多々さんと再会してから、わずか十分とかからなかった。

（そうか）と思い出す。

映画館の切符売り場にいたときの多々さんは、当然、上映中のすべての映画を観ていて、僕が映画を観たあとに、少々、涙ぐんでいたりすると、

「感動した？」

と訊いてくるのが常だった。僕が黙ってうなずくと、

「どうして人は感動したいのかしらね」

と必ずそう言った。感動することに「戸惑いを覚える」とも言っていた。

「だって、むやみに心を動かされたくないときだってあるでしょう？」

それで多々さんは、感動を「感電」と言い換え、うっかり感電してしまいそうになると、あわてて席を立って、その先を観ないこともあると言っていた。だから、映画に限らず、なにかしら感電の可能性があるときは、足早に通り過ぎたり見て見ないふりをしたりするのだとか。

まさにそんなふうに見えた。より正確に言うと、足早に通り過ぎたい思いと早く対面したいという思いがせめぎあっているように見えた。

「この通路の突き当たりに展示されています」

かろうじて僕が多々さんをガイドしたのはその一言だけで、

「うん、分かった」

多々さんはそれだけ言って、通路をまっすぐ進んで行った。

そのあとについていく。

と、すぐに――、

「ああ」

感嘆ともため息ともつかない声が聞こえ、

「本当だ。君はこんなところにいたんだね」

心なしか声が震えているようだった。

でも、それ以上、何も言わない。僕も何も言わなかった。言うべきことがひとつも思いつかなかったからだ。

いま、時間はどのように流れているのだろうと、ただそう思った。

絵の中の時間。

その絵を描いていたときの多々さんの時間。

絵が盗まれてからの長い時間。

そして、絵と対面しているこの時間――。

ひとつのコップの中にそれだけの時間が注ぎ込まれ、もしかして、多々さんはコップからあふれ出てしまうことを危惧したのかもしれない。

「ソガ君、ここって、コーヒーとか飲めるところあるのかな」

急にそんなことを言い出した。

「あると思いますけど」

僕の答えを待たずに多々さんは絵に背を向けて通路を引き返し、ロビーまで戻ると、

「あった」

目ざとく喫茶室を見つけて、まっすぐ進んで行った。

そのあとについていく――。

鯨オーケストラ

間違えられた男

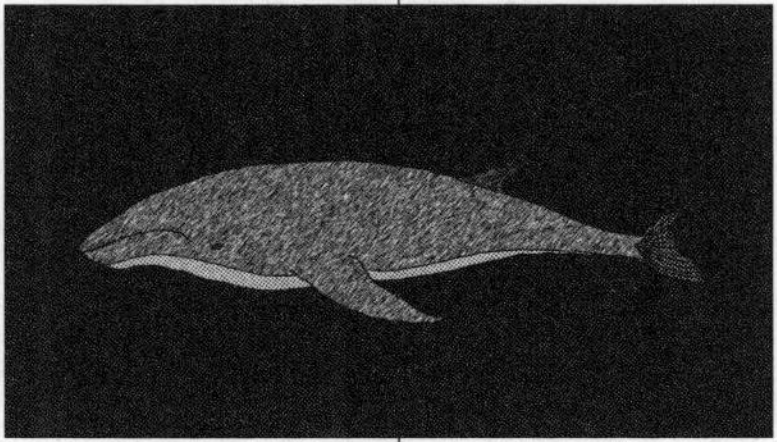

多々さんは砂糖もミルクもいれていないコーヒーをひと口飲み、

「すごく変な気持ち」

と、ようやくそう言って、喫茶室の窓から見える中庭のシンボル・ツリーを見ていた。

「変なこと言うようだけど、生き別れた息子と再会したみたいな気持ち――わたしたちが、彼の親でね」

多々さんらしい感想だった。

「そう思ったら、絵の中の彼とわたしたちと、その三人だけがこの広い美術館の中にいて、他の絵も何もかもなくなって、三人だけになってしまったみたいな――」

「もしかして、感電しそうになりました？」

「それ、よく覚えてたね、ソガ君」

多々さんは苦笑し、

「どっちかって言うと、感電しても構わないって思ったの。はじめてそう思ったかもしれない。でも、自分が描いた絵に感電するなんておかしな話でしょう？　あれ以上、観ていたら、何かがあふれ出してきそうで」

多々さんの視線の先にはシンボル・ツリーがあり、僕もつられて、その木に実った黄色い果実を眺めていた。

(そういえば)と思い出す。このあいだは、あの木を違う方から見ていた。学芸員の事務室の窓からだ。

「申し出ますよね？」と多々さんに訊くと、

「何を？」と訊き返してくるのも多々さんらしい。

「何をって、あの絵を描いたのは自分ですって」

「それって、なんか恥ずかしくない？」

「大丈夫ですよ。ここの学芸員の金沢さんとは、あの絵のことで、一度、お話をしていますから」

「そうなのね」

「ええ。それに、以前、ここで働いていたミユキさんという人がいて――」

そこへ至って、ようやく僕はガイドの役割を果たせそうだった。

というか、いつのまにか自分はあの絵に呼ばれるようにしてミユキさんと出会い、サユリさんと太郎さんに出会って、ついには、こうして多々さんにも会えたのだ。その経緯のあらましをコーヒーを飲み終えるまでに話すと、多々さんは、

「そうなのね」

とまた繰り返し、

「いまの話を聞いて決まりました」

と中庭の木からこちらへ視線を移した。

「そういうことなら、あの絵はこのままここに飾られている方がいいような気がします」

「え？　名乗り出ないんですか」

「だって、名乗り出てしまったら、もう飾ってもらえなくなるんでしょう？」

「そうですね。作者が不明であるという展示の趣旨を考えると、判明してしまった以上、そういうことになるかと思います」

「そうしたら、そのミユキさん？　というひとが、ふと思い立ったときに――つまり、ソ

ガ君に似ていたその子に逢《あ》いたくなったときに、あの絵がなかったら、きっと、さみしいでしょう」

「それはそうかもしれませんけど――」

「わたしはもうこれで満足しました。それに、わたしだってあの絵を観たくなったら、ここへ来ればいいわけだし――もし、この先、この美術館が保管しきれないということになったら、そのときはすみやかに名乗り出て引き取ることにします。それでは駄目なのかな」

「いいえ、駄目ではないと思いますが」

「じゃあ、それで決まりです」

思いがけない展開ではあったけれど、感電を避けようとしてきた多々さんにしてみれば、ひとつも意外ではないのかもしれない。

もっとも、ミユキさんへの配慮には僕が感電しそうになってしまったが、ここまで来ておいて名乗り出ないと決め、感電しそうになっている僕に多々さんはいたずらを企《たくら》む子供のような顔で舌を出してみせた。

自分の感電を遠ざけるだけでは済まなくて、僕が感電することも回避しようと目論《もくろ》んでいる。こちらが感慨にふける間もなく、「さぁ」と声を上げた。
「さっさとポール・モカシンを観ましょうか」

ところがである。そこから先にもうひとつ思いがけないことが待っていた。ポール・モカシンの展示を多々さんは「心ゆくまで」といった足どりでゆっくり鑑賞し、深海から少しずつ上昇していく展示の仕組みに、あっさり感電してしまったらしい。「何これ、ちょっと待って」と動揺を隠せないようで、「ずるい、ずるい」と言いながらも、目が潤み始めていた。

僕は多々さんが涙を流しているのを見たことがない。

というか、ようするに神経質なくらい感電を避けてきたのは、言い換えれば、人前で決して涙を見せまいとする強い態度——虚勢のあらわれであるとも言える。そう易々《やすやす》とは泣かないぞ、という気迫が感じられ、普段から涙を安売りしないことで、本当に心動かされたときの感激を誰よりも大切にしたいのかもしれなかった。感電を回避している理由もすべてそこに収斂《しゅうれん》される。

ということは、本当に心打たれるようなものに出くわしたときは誰よりも無防備に感電し、感電どころか、雷に打たれるのも辞さないのではないか——。

それは、この展示のクライマックスと言っていい、あの巨大な鯨の絵が展示されている展示室に入ったときに極まった。

途方もなく大きな絵が待ち受けていると、知っている僕ですら、いきなり目の当たりにして、体の芯を抜きとられた心地になった。そこまでの展示室にあった熱気を孕んだような空気が一瞬で大きな空間へ解き放たれ、同時に前髪を風にあおられたときの感覚がよぎる。

鯨の印象は変わらなかった。

まったくもって、神様のように見える。

多々さんがその空間の広さとその広さを制する巨大な鯨の存在をどう捉えたか分からない。言葉はなかった。でも、多々さんの大きな瞳から涙がこぼれていた。

僕にとっては、何より、その涙が思いがけず、多々さんにとっては、そこにこれほどの質量を持った鯨の絵があらわれるとは思いもよらなかったのだろう。長い沈黙のあと、

「感電しちゃった」

と力の抜けたつぶやきを発した。

ともすれば、その場にそのまま座り込んでしまいそうで、それはしかし、こちらにしてもひとごとではなかった。どうしたのか、多々さんの感電が僕にも伝播し、二度目であるのに、二度目の方が効き目があると言わんばかりに、体の隅々まで鯨の波動が浸透してきた。

一度目は鑑賞だったが、二度目は体験で、絵を観ている自分が絵の中に取り込まれて、ひとつになっていく。理由は分からない。理由なんてないと言ってしまいたいが、思い当たることがないわけではなかった。

こうしてみると、多々さんの影響が僕にも及んでいるかもしれず、これまで意識したことはなかったけれど、もしかして、僕もまた「感電」を避けようとしていたのかもしれない。

どうしてだろう。感電がこわいのか。感電して人生が変わってしまうのがこわいのか。

もし、鯨が神様なのだとしたら、いまこそ教えてほしい。

僕は感電してもいいのでしょうか。

おそれることなく成り行きに身をまかせ、たとえば、サユリさんの希望をかなえるために、僕が〈鯨オーケストラ〉でクラリネットを吹くというのは考えられないことなのでしょうか。

それとも、考えてもいいのでしょうか。

もしかして、僕がいま、この鯨とひとつになっていくような感覚を得ているのは、僕の中に大きな鯨がよみがえろうとしているからだろうか。

いや、よみがえろうとしているのは、あの川をさかのぼってきた鯨で、僕の中にもともといたわけではない。でも、分かった。いま、分かった。それが神様のようなものであるなら、僕たちは時間も空間も記憶も越えて感電してしまう。

「ああ――」

多々さんが感嘆にもため息にも聞こえる声をあげた。

＊

「ぜひ、いらっしゃい」

多々さんは絵を観ているときにもそう言い、

「その目で確かめたらいいのよ」

別れぎわにも念をおすようにそう言った。

鯨の絵に二人して圧倒され、その最中に〈鯨オーケストラ〉の話を——さして詳しいわけでもないのに——多々さんに話した。

「わたしのパートナーと同じじゃない」

多々さんの瞳の中に小さな光があった。

「わたしの同居人なの」

多々さんにはそういう人がいて、

「わたしは子供たちに絵を教えているけど、彼は子供たちに音楽を教えているの」

一緒に暮らすようになってから、まだ何年も経っていないという。

「彼は体が大きいので、子供たちが彼のことを『鯨さん』と呼ぶようになって——それとも、彼が自分でそう言い出したのが先だったかな？」

符合を感じたのはそのときで、少し前にサユリさんから聞いた話が思い出された。

「オーケストラの団長は体が大きかったので、皆から『鯨さん』と呼ばれていたんです。それが〈鯨オーケストラ〉の由来なんです」

それで僕はサユリさんのことも多々さんにすっかり話し、

「彼女はその〈鯨オーケストラ〉という楽団を再建しようとしているんです」

と説明すると、

「ぜひ、いらっしゃい」

多々さんは映画館の窓口にいたときの口調になった。

「次の映画もいい映画だから、ぜひ、いらっしゃい」

あの多々さんの静かな声。言ってみれば、僕はその声に導かれるようにしてここまで来たようなものだ。だとしたら、その「次の映画」を観ない手はない。

「そのサユリさんという人と一緒にね。ぜひ、いらっしゃい」


その日は食堂の定休日で、サユリさんに「お話ししたいことがあるんです」と電話で伝えると、

「では、太郎さんの〈編集室〉で会いましょう」

と、めずらしく時間を指定してきた。

「たまにはピザのデリバリーでも頼んで、太郎さんと一緒に食べようかって——ちょうど、

ミユキさんと話していたところなんです」

「そんなところにお邪魔してもいいんですか」と恐縮すると、

「もちろん、大歓迎です」

サユリさんではなくミユキさんが代わって電話に出た。

その「大歓迎」のアナウンスがミユキさんによるものだったからなのか、僕は自分がいつのまにかミユキさんの視線の先にいるのではなく、彼女と一緒に何かを見出《みいだ》そうとしているのではないかと、ふと気がついた。

どうして、そういうことになったのか。

回転のゆるい僕の頭ではすぐに追いつかないが、サユリさんに伝えようとしている話を頭の中で箇条書きにしてみるとこんなふうになる。
一　サユリさんがかつて参加していた〈鯨オーケストラ〉のリーダーは皆から「鯨さん」と呼ばれていた。
二　ところが、そのリーダーが行方不明になり、それが一因となって、楽団は解散してしまった。

三　一方、多々さんのパートナーにして同居人の男性は子供たちから「鯨さん」と呼ばれ、多々さんのアトリエで子供たちに音楽を教えている。
四　二人とも立派な体格で、時系列を追ってみると、「鯨さん」がオーケストラから姿を消したあとに多々さんと知り合っていてもおかしくはない。
五　つまり、二人は同一人物である可能性がある。

　こうして箇条書きで頭を整理しないことには、もうひとつ事態を把握できなかったのだが、僕の何倍も頭の回転が速い多々さんは、「その目で確かめたらいいのよ」と即座に反応していた。

　ただし、この場合の「確かめる」は同一人物であることを確かめるのではなく、確率的に言うと、別人であることを確かめるという意味ではないかと思う。

　なぜなら僕はアキヤマ君ではなかったからだ。

　ミユキさんの視線の先にあったあの絵――多々さんが描いたあの絵はミユキさんにしてみれば、「あるいは、もしかして」という期待が込められたものだった。でも、「もしかして、アキヤマ君ではないか」と見つめつづけた先にあらわれたのは申し訳ないことにこの僕で、僕はそうしてミユキさんの視線の先にいたはずなのに、どういうわけかミユキさんやサユリさんの側に立って、新たな視線を「鯨さん」に向けようとしている。

いや、向けようとしているどころか、「あるいは、もしかして」とサユリさんの視線を促そうとしていた。

こういうのを何と言っただろう？　ミイラ取りがミイラになる——とは違うか。なんと言えばいいか分からないけれど、ニセモノであった僕がいつのまにか、

「あるいは、もしかして、本物かもしれないです」

と案内する側になっていた。

太郎さんの〈編集室〉でテーブルを囲んだ三人——太郎さんとミユキさんとサユリさんは、僕の話を聞くなり三者三様に複雑な表情になった。

「すみません。ニセモノだった僕がこんな話をしても戸惑うだけですよね」

そう言って話を締めくくったが、

「いえ」

サユリさんが急に声を大きくして皆の視線を集めた。

「わたし、いま分かりました。ミユキさんの気持ちが」

「え?」

ミユキさんが顔を上げ、太郎さんも口を結んで頷いている。

「きっと違うんだろうなって分かってるけど――もしかして、と思う気持ちを否定することはないんだって」

「ちなみに」と太郎さんも顔を上げ、「その人の写真とかはないんですか」と探るように僕を見た。

「写真を撮られるのが嫌いなんだそうです」

同様の質問を多々さんにしたときの答えをそのまま伝えると、

「そういえば、あの鯨さんもそうでした」

サユリさんが何かを思い出したように頬に手を当てた。

「いや、でもね」と今度はミユキさんの声が大きくなる。「こんなふうに言ったら、曽我さんには悪いけれど、わたし、その――ニセモノさんにね、『もしかして』と思いつづけて、結構な時間を捧《ささ》げてしまったんだなぁって」

「すみません」

僕としてはそう言うしかない。

「いや、でも――」

今度は太郎さんの声が大きくなった。

「そのおかげで僕たちはいまこうしてここにいるんじゃないですか。ひょっとしたら、と思う気持ちをミユキさんが持ちつづけていたから、いまこのときがあるんです」

そのとおりだった。ミユキさんが「結構な時間」をニセモノの僕に捧げてしまったのは取り返しがつかないけれど、太郎さんが言うように、そのおかげで僕はここに――このテーブルを囲む一人としていまここにいる。

「間違えられてよかったなと、自分としてはそう思っています」

僕がそう言うと、皆が揃ってこちらを見た。

「そうじゃなかったら、僕はこのテーブルにつくことはなかったでしょう」

「いえ、それは分からないです」

サユリさんが割り込むように言った。

「曽我さんはハンバーガーを食べ歩いているでしょう？　もしかしたら、そのうち、〈土曜日のハンバーガー〉を食べに来てくれたかもしれません」

「そう。それにね」

ミユキさんがたたみかけるように言った。

「人と別れるのは自分で決められるけれど、誰かと出会うのは自分で決められないのよ。つくづく、そう思う。だから、人生は面白いんだって」

「そうですよ、本当に」

サユリさんがしみじみとした口調になった。

「だから、わたし、ぜひお会いしてみたいです。多々さんと——その、子供たちに音楽を教えている鯨さんに」

「どっちだと思いますか」

太郎さんがサユリさんに訊いた。

「その鯨さんは姿を消したあの鯨さんだと思います？」

「さぁ、どちらでしょう」

サユリさんは腕を組み、

「もし、あの鯨さんだったら、また一緒にオーケストラをやりませんかって訊いてみるだろうし、もし、そうじゃなかったら、それが新しい出会いになるかもしれません。曽我さんがそうだったようにです」

「そうよ。本物とかニセモノとか言ってるから、話がおかしくなるのよ」

ミユキさんが握りしめた拳《こぶし》をテーブルの上にごつんと置いた。

「曽我さんは、ニセモノのアキヤマ君なんかじゃないですよ。いまはもう、本物の曽我さんです」

そんなふうに言ってもらえたのは嬉しかったけれど、あの絵に関する限り、僕が名乗り出たことで、ミユキさんの希望に終止符が打たれてしまったのは動かしようがない。だから、僕としては、「あるいは、もしかして」といたずらに言い募るのはほどほどにし、たまたま、「鯨さん」と呼ばれている人がいて、たまたま音楽を教えたりしているようだけれど、

「たぶん、サユリさんが探している鯨さんではないと思います」

と、はっきりそう言っておいた。にもかかわらず、

「なるほど」

太郎さんはいかにも感心したような様子で、

「あらかじめ、ニセモノだと思っていた方が本物だったときの驚きが倍増するかもしれま

せんよね」

「いや、そういうことじゃなく――」

あわてて手を振ったものの、じつのところ、「本物だったときの驚き」をサユリさんには味わってほしいとどこかでそう思っていた。

それはつまり、いつからか、〈鯨オーケストラ〉の復活を僕も望んでいたからで、たとえ音楽そのものが失われてしまったとしても、音楽をつくり出す人たちの絆《きずな》はどこまでもつづいてほしいと願っていた。

「さぁ、どちらでしょう」

太郎さんが〈編集室〉の窓の外を見ていた。まるで窓の向こうに少し先の未来が見えるかのようにまぶしそうな目をし、それから急に、

「来ました、来ました」

と手を叩いた。来ました? まさか、未来が?

「ピザが来ましたよ」

太郎さんがそう言ったのと、ピザを運んできた青年が〈編集室〉のドアをノックしたのが、ほとんど同時だった。

「どうぞ、中へ」

「お待たせしました」

その青年は雨が降っているわけでもないのに薄手の黒いレインコートを着ていて、その格好が、おそらくはデリバリーを生業《なりわい》とする者のフォーマルなのだろう。もしかして、フォーマルの延長としてなのか、驚いたことに、昔ながらの岡持《おかもち》を右手にさげ、じつに慣れた手つきで、音をたてることもなく、するすると銀色のふたを開いた。

あたかも「ピザを運ぶにはこれがベストチョイスなのです」と言わんばかりの手つきになり、岡持の中からピザの入った平たい紙箱を取り出すと、太郎さんがまた拍手をして、

「ご苦労様です」

と親しげに声をかけた。

おそらく、青年は町の人気者か何かなのだろう。ミユキさんやサユリさんまでもが彼に労《ねぎら》いの言葉をかけ、青年は青年であくまで低姿勢を保ちつつ、

「ありがとうございました」

と、さわやかに応じている。

焼きたてのピザのこうばしい香りが〈編集室〉にたちこめ、青年は僕らと僕らが取り囲

んでいるテーブルを見渡しながら、「何かいいことでもありましたか」とそう言った。

それは人が集まる席にピザを運んできた者が口にする常套句なのかもしれなかったが、彼が何気なくそのセリフを口にしたとき、僕の頭の中にかすかに低く、このあいだの「G線上のアリア」が流れ出した。

「このあいだの」と必ずそうことわっておきたいのは、耳で聴いただけではなく、その演奏に自分が参加したときの体の震えのようなものも一緒によみがえってきたからだ。

「きっと、これからあるんですよ、いいことが」

太郎さんが青年にそう答えると、

「そうですか」

青年は納得しながらも、少し首をかしげるような仕草を見せた。

頭の中の音楽が、ピザの載ったテーブルごと僕らをどこかへ運んで行くようだった。

鯨オーケストラ

小さなオーケストラ

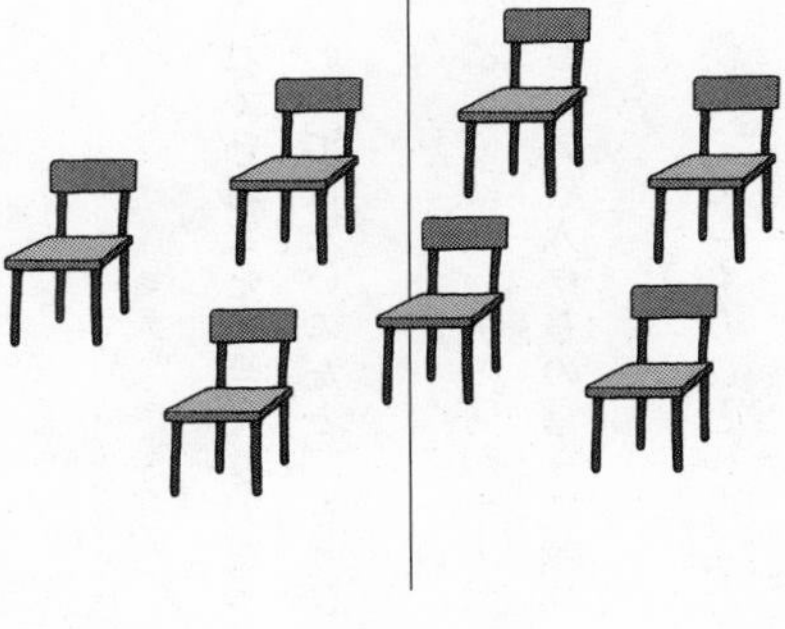

川のある町に生まれ育ったので、子供の頃はそこに川が流れていることが当たり前だった。でも、大人になるに従い、誰もが川と共に暮らしているわけではないのだと、もうひとつの当たり前に気づいた。

たとえば、川から遠く離れて別の町へ出かけたとき、そこに川ではない別の何か——海や、森や、あるいは密集したビルディングを生活の拠《よ》り所にしている人たちの営みに触れることになる。

サユリさんと二人で多々さんのアトリエに向かいながら、僕はその「もうひとつの当たり前」について考えていた。

その昔、多々さんのアトリエは僕のよく知っているあの川沿いにあった。しかし、いまは電車を三つ乗り継いで行く遠いところにあり、そこには僕の知らない小さな森があったりするんじゃないかと勝手に想像していた。ところが、多々さんが「最寄り駅」として教えてくれた駅と、その駅を取り囲んでいる町並みには森の気配などどこにもなく、僕やサユリさんの暮らしている町とほとんど変わらないように見えた。いや、ほとんど変わらないどころか、自分の町から遠く離れてここまで来たのだという感慨がまるでない。


「そうなのよ」

多々さんが僕らをアトリエに招き入れてくれたとき、

「この町は妙に落ち着きます」

と、なにげなく僕が口にしたのを聞き逃がさなかった。

「そうでしょう？　本当にそうなの」

多々さんは長らく忘れていたことを思い出したかのような口調になった。

「それで、ここへ移り住むことを決めたんだけどね」

「わたしもです」とサユリさんも頷いている。「わたしも同じように感じていました」

多々さんとサユリさんはすぐに打ち解け、「すみません、ご迷惑をおかけして」と、しきりに恐縮するサユリさんに、

「わたしはちっとも迷惑じゃないですよ」

多々さんは自分の胸のあたりを二度、三度、軽く叩いてみせた。

「ソガ君から聞いたんだけど、サユリさんもあの川のそばで生まれたんでしょう?」

「ええ、そうです」

「だからかもしれないわ」

「だから――ですか」

「そう、わたしもあの川の近くで生まれたんだけど、川をさかのぼったところは、そのうち暗渠になって――サユリさんの町のあたりもそうでしょう? だけど、もっとさかのぼっていくとね、暗渠ではなくまた川があらわれるの。つまり、あの川の上流ということになるんだけど」

そこで多々さんは陽の光が射し込んでくる窓の外を見た。

「その川がね、ここからすぐのところを流れてるの。ここへ移り住んだときは知らなかったんだけど、あとになって調べてみたら、そうだったの。だから、ソガ君が妙に落ち着くと感じるのは、もしかしてそういうことなのかもしれない」

「あの川でつながっているんですね」

サユリさんも窓の外を見ていた。

そうだったのか、と僕は陽の光に目を細める。

多々さんのアトリエはこれもまた僕の予想に反し、ひと言で言うなら、素っ気ないくらいがらんとしていた。想像よりずっと広い部屋で、それほどの広さなのに、少々、違和感を覚えるほど余計なものが何ひとつない。いくつかの小さな椅子が並び、それらと向き合うかたちで、ひとつだけ大きな椅子が置かれていた。

「びっくりするでしょう?」

僕の様子に気づいた多々さんがそう言ったのは、かつてのアトリエはもっと雑然としていたからだった。

「でも、これは彼が――そう、鯨さんがね、几帳面《きちょうめん》な人だからこうなっているわけで、わたし一人だったら、こんなふうにはとても維持できない」

「あの」

サユリさんが、おそるおそる、というように小声になると、

「ええ」

多々さんはサユリさんの問いを聞くまでもなく、「電話でお話ししたとおりよ」と応え

た。

「お二人がなぜここへ来たのか、彼には話していません。だって、『あなた、昔、オーケストラの団長でした？』なんて訊いちゃったら、場合によっては、また姿を消してしまうかもしれないでしょう？」

多々さんはそこで笑いを交え、

「だから、彼は何も知りません。もうじき二階からおりてくると思いますけど」

多々さんが言い終わらぬうちに部屋の外に気配があり、急に緊張が張りつめて身構えていると、さて、いかにも実直そうな少年がアトリエの中に入ってきた。

「こんにちは」

多々さんに挨拶をし、多々さんも、

「いらっしゃい」

と、にこやかに応じている。

「彼の生徒さんです」

多々さんは僕らの方にも笑顔を向け、

「この子は小学六年生。他の子たちも大体そのくらいかな。いちばん上が中学二年生で、いちばん下は小学四年生。全部で七人いるんです」

　その七人が次々とアトリエの中に「こんにちは」とあらわれた。皆、礼儀正しく、僕やサユリさんにもきちんと挨拶をして、並べられた小さな椅子に着席していく。

　男の子が三人に、女の子が四人。いちばん年長と思われる子は女の子で、どことなくサユリさんに似ているな、と思っていたら、サユリさんは別の男の子に視線を向けて、「あの子、ソガさんによく似ています」と耳もとでささやいた。

　僕はなんとも言い難い思いになり、ついには笑ってしまったのだけれど、子供たちはどうして僕が笑っているのか不思議そうにこちらを眺め、めいめい携えてきた楽器をケースから取り出して準備を始めていた。

　フルート、ホルン、チェロ、バイオリン、ギター、タンバリン――それに、クラリネットを手にしている子もいる。

　準備を始める彼らを見ていると、今度はサユリさんがうつむいて笑い出した。

　どうして笑ってしまうのだろう。どうしてなのか分からないけれど、僕の笑いとサユリさんの笑いは同じもので、笑いの根にあるのはおかしさではなく、おいしいものを食べたときの喜びに近いものに違いなかった。腹の底からせり上がってくるような嬉しさだ。

まるで、これから小さなお芝居でも始まるかのようで、僕とサユリさんはその観客なのだけれど、まだ芝居が始まっていないのに舞台上の彼らと同化してしまったようだった。だから、僕もサユリさんも準備を終えた子供たちがかしこまっているのを真似し、居住まいを正して、子供たちと一緒に先生——鯨さんが登場するのを逸る気持ちをおさえて待っていた。

静けさが部屋を支配し、窓ごしの光が床に陽だまりをつくっている——。

事前にひとつ、サユリさんと取り決めていたことがあった。もし、これからお会いする「鯨さん」が、サユリさんが探している団長その人であったときは、

「曽我さんの目を見て大きく頷くことにします。でも、別人であったときは首を横に振りますから」

そういうことになっていた。

そういうことになっていたのだけれど、子供たちとはあきらかに違う気配が部屋の外に迫り、

「お待たせしました」

と、その人が部屋の中に入ってきたとき、僕もサユリさんも、まずはその声に圧倒され

て、思わず顔を見合わせてしまった。それほど大きな声というか、より正しく言えば、とても豊かな声で、声は僕にとって自分の仕事に関わる重要な要素だし、サユリさんにしても、あの繊細なオーボエの音を操ってきたのだから、言うまでもなく、すぐれた耳を持っている。

そんなわれわれを、その人の声は一瞬で魅了し、声ひとつで部屋の空気が変わり、温度すら変わってしまったのではないかと思えた。

「皆さん」

その豊かな声で子供たちに語りかけ、ひときわ大きな椅子に大きな体を預けると、大きな椅子が魔法みたいに小ぶりに見えてくる。「豊かな声」という言い方に倣うなら、大きな体と言うより「豊かな体」と言うべきか。その人の豊かな声と体は、たしかに「鯨さん」と呼ばれるにふさわしいものを備えていた。

「皆さん、今日はこのあいだのつづきで、まずは『たのしい』を合奏してみましょう」

その人が――鯨さんがそう言うと、いちばん年長と思われるサユリさんに似た子が、すかさずチェロを構えて左手をあげた。

その合図ひとつで、ぴたりと息が合って演奏が始まり、『たのしい』と鯨さんは言っていたけれど、まさに楽しさをそのまま音楽にしたような楽曲だった。

驚いたことがふたつあり、ひとつは、その楽曲がとてもシンプルなものでありながら、さまざまな音楽の要素を兼ね備えていたことだった。使われている楽器の印象からクラシックの小曲のようにも聴こえるし、僕が子供のころに父から教わったジャズの練習曲のようにも聴こえる。

このあいだ、サユリさんと合奏した「G線上のアリア」もそうだったが、旋律はひとつも複雑ではないのに、音が作り出すいくつもの光や色の綾《あや》が感じられ、しかも、そんな音楽を作りあげているのは七人の子供たちなのだ。技術的には未完成かもしれないけれど、七つの楽器が見事に調和して、とても七人で演奏しているとは思えない。

ところどころ重厚でありながらも軽やかで、なにより音のひとつひとつが生き生きと躍動して、それがこちらの体の中にまっすぐ伝わってくる。

そして、もうひとつの驚きは、鯨さんがまったく指揮をしなかったことだ。そもそも指揮棒を持っていなかったし、目を閉じたままで指の一本すら動かさない。

この驚きは、鯨さんが〈鯨オーケストラ〉の団長にして指揮者だったというサユリさんの話が先入観としてあったからで、しかし、そうは言っても、いま目の前にいる「鯨さん」が、サユリさんの探している団長であるかどうか、まだ例のサインをもらっていなかった。

でも、その答えは思いのほかあっさりとしたもので、僕の驚きが伝わったのか、サユリさんは僕と視線を合わせると、一旦、その視線を鯨さんに向け、それからまた僕の方を向いて、小さく首を横に振ってみせた。

それが答えだった。

＊

「でも、音楽は本当に素晴らしかった」

多々さんのアトリエをあとにして帰路についたとき、サユリさんはそう言って、鯨さんが話してくれたことを「この先、ずっと忘れないと思う」となごやかな顔になった。

鯨さんは僕が多々さんの絵のモデルをしたことをご存知で、最初は少し警戒しているようにも見えたが、子供たちのレッスンが終わったあと、先の驚きを質問に変えて話してみたところ、

「ああ、それはですね――」

と丁寧に答えてくれた。

「僕はただ子供たちに教わっているだけなんです。僕が教えているわけじゃありません。いや、最初は教えようとしたんです。でも、子供たちは僕らがとうてい及ばない無限の可能性を持っています。何が素晴らしいって、それが素晴らしいんです。その素晴らしい可能性を、僕の考えや経験則で染めてしまうのはいかがなものだろうと思って――そうしたことを子供たちから教わりました」

「では」とサユリさんが手をあげた。「今日、演奏していた『たのしい』とか、『かなしい』とか、『わくわく』という曲は――」

「ええ。あれも子供たちが作った曲です。テーマだけ伝えて、あとは子供たちが即興的に演奏したものを僕がまとめたんです。譜面もありません。演奏するたび、少しずつ変わっていくからです」

「となると、子供たちはクラシックの楽曲や奏法を学んでいるわけではないんですね」

僕の問いに、

「ええ」

鯨さんは大きな手のひらをこちらへ差し出すような仕草を見せた。

「ジャンルを規定してしまうこと自体、どうなのかなと思ったんです。だから、僕自身はクラシックを学んできた者ですが、そんなことは忘れて、ただ純粋に音楽を作れないものかと願っています。僕にはもうそれが出来ませんが、子供たちには出来るはずです」

「では」とサユリさんがまた手をあげた。「名前はどうでしょうか」

「名前？　というと？」

「子供たちの楽団の名前です。名前をつけてしまうことも、やはり規定のひとつになってしまうんでしょうか」

「いえ、名前はあった方が楽しいじゃないですか。というか、それもまた子供たちが勝手に名づけて、勝手に呼んでますよ」

「そうなんですか」

「ええ」

「なんて、呼んでいるんですか」

「〈鯨オーケストラ〉です」

＊

（もう、いいと思いますよ）

突然、ベニーがひさしぶりに話しかけてきた。

（多々さんが言ってたじゃないですか。ソガ君の眼は過去と未来の両方を見ているって）

それが何を意味するのか、当の本人には、皆目、分からなかったのだが。

（あたらしい未来が始まるんです。それを探していたんじゃありませんか）

そうだっけ？　そうなのかな？

（そうですよ。子供たちが奏でたものを鯨さんがまとめ上げたみたいにです）

それって、どういう意味なんだろう？

（あなたがつないでいくんです。他の誰でもなく、あなたがです）

つないでいく？

（いえ、あなたはもう分かっているはずです。あなたの未来に何が待っているか）

そうなのかな。

（そうですよ。あなたがそうして繰り返し自分に問いかけてしまうのは、あなたの眼が過去の方を熱心に見ようとしていたからです。でも、この先は違います。あなたの眼は充分に過去を見つめ、過去の方が「もう、いいと思います」と諭しているんじゃないですか？）

もしかして。もしかして、君がその「過去」なのか——。

（そうかもしれません。いえ、たぶんそうなんでしょう。だから、こうしてお話しするのは、これが最後になるかもしれません。なぜなら——ほら、もうすぐそこまで、あなたが始める「未来」が近づいているからです）

もうすぐそこまで——。

（さぁ、始めるんです。あなたがです）

＊

ベニーは（さぁ、始めるんです）とそう言ったけれど、まずは何を？　と自分に問う間もなく、

「テツオ君、ちょっと」

と水越さんに肩を叩かれた。定期演奏会のステージを終えた直後だった。

「このあいだの話だけどね」

「このあいだの？」

「この先、この楽団をどうするかって話。楽団のみんなと話してみたんだよ。というか、テツオ君は欠席したけど、今日のステージのために練習をしたいっていう要望があってね、急遽《きゅうきょ》、集まって音合わせをしたんだけど、そのとき、誰からともなくそんな話になって――」

水越さんの話によると、〈モノクローム・オーケストラ〉は皆がまだ元気なうちに楽しく終わりにしたいとメンバーの全員が希望しているとのことだった。

「みんな、もっと身軽になりたいと言ってた」

水越さんのその言葉が、鯨さんが言っていた「子供たちの可能性」の話と重なり、両者はずいぶんと年齢が離れているけれど、思いがけない和音となって胸に響いた。

それはつまり自由であるということだ。音楽はいつでも自由の味方で、誰もが持っている――けれども、小さく押し込められている――自由を解放するものであってほしい。

「音楽をやめたいってことじゃないんだ」

水越さんは付け加えた。

「やりたくなったら、また集まってやればいいんだし、全員が集まらなくてもいいんじゃないかな。二人や三人――なんなら一人でもいい。オレはこの機にソロ演奏でステージをやってみたいと思ってる」

まったくそのとおりだ。自分は一体、何にこだわっていたのだろう。

父が積み上げてきたものを引き継ぐことにこだわり、それは間違っていないはずと自分に言い聞かせては、いっときの安心感を得ていた。しかし、引き継ぐことは大事なことであるとしても、ただ引き継ぐだけでは次第に自分がなくなっていく。

自分が自分ではなくなってしまう。それでは意味がない。

「わたしもそう思いました」

サユリさんの声がチョコレート工場の白い空間に縁取られ、コミックのフキダシのように宙に浮かんでそこにあった。

「引き継ぐことにこだわらなくてもいいんじゃないかなって」

工場に置いてあった間に合わせの椅子に腰掛け、サユリさんは磨き上げたオーボエを手にし、僕は持参した愛用のクラリネットを手にしていた。

「二人きりで」とサユリさんに誘われ、「楽器を持ってくるのを忘れずに」と言い渡されていた。それはサユリさんからの提案だったが、二人で音を奏でたいという思いは、子供たちのあの小さなオーケストラを見学してから、僕の中にもたびたび湧き起こっていた。鯨さんが子供たちから教わったように、僕もサユリさんもまっさらな気持ちになって音を奏でてみたかったのだと思う。その合奏を試す場として、すでにチョコレート工場のまっさらな空間が用意されているというのは、なんと、お誂《あつら》え向きの偶然だろう。

しかも、その偶然には少しずつ完成に近づいている鯨の骨の標本がすぐそばにあった。

鯨の骨の標本については、何日か前に太郎さんの〈編集室〉で完成形のミニチュアを見せてもらった。たまたま、ふらりと訪ねたら、このあいだピザの出前を届けに来た青年――彼を太郎さんは「弟さん」と呼んでいた――がちょうど出前にやって来たところだった。

「またピザですか」と太郎さんに訊くと、

「いえ、今日は鯨の出前なんです」とその弟さんが代わりに答えた。

何のことかと見守っていると、弟さんは手にしていた銀色の岡持を〈編集室〉の大きなテーブルに載せ、手品師のような身のこなしで岡持のふたを開くと、中から——岡持の暗がりの中から——そっと、それを取り出してみせた。

テーブルの真ん中にうやうやしく置き、

「これです」

弟さんの声は少し震えているようだった。

「おお」

太郎さんと僕の感嘆がユニゾンで低く響く。

それは、じつに精巧に作られた鯨の骨格標本のミニチュアで、

「いまのところ、全体の六割まで骨の存在が確認されています」

とのこと。あとは、さらなる精査を重ね、ばらばらに発掘された骨の位置を確定して、

「すみやかに組み上げるだけです」

弟さんは出前の途中なのか、このあいだと同じ黒いレインコートを着ていた。

「完成が見えてきましたね」

太郎さんはミニチュアの鯨を右から左から眺め、ふと気づいたというように、

「そうだ。まだ紹介していなかったですよね」

と僕の方を見た。

「弟さんは今回の発掘プロジェクトを仕切っている――」

「素人考古学者とでもお呼びください」

と弟さんが後を継いだ。

「本職はご覧のとおり、出前持ちです」


そんなことがあったので、かたわらに組み上がりつつある鯨の骨が急にその重みを増したように感じられた。

「それで」とサユリさんが、また白い空間に声を放つ。「それで、子供たちのあの小さなオーケストラを見ていて、思うところがあったんです」

手にしていたオーボエを膝《ひざ》の上に置いた。

「ここに、ふたたび鯨があらわれる――わたしはどうも、そのイメージにとらわれていて、その実現のために、もういちどあのオーケストラを始めなくてはと思っていました。でも、その一方で、無理を通してまで楽団員たちを連れ戻してくるのはどうなんだろうとも思っていたんです。なにも、あの立派なオーケストラをそのまま復活させなくてもいいんじゃないかって。もっと小さな楽団でもいいんじゃないかって、そう思っていました」

「たしかに子供たちのあのオーケストラはわずか七人で、でも、七人でも充分じゃないかって僕もそう思いました」

「そうなんです。それに――ここが大事なところなんですが、人数もさることながら、子供たちはジャンルにとらわれていませんでした」

「そうですね、クラシックとかジャズとか、そんなことに関係なく」

「ええ。だって、そうすれば」

サユリさんは膝に置いたオーボエを両手で握りしめていた。

「そうすればですよ、わたしとソガさんは一緒に演奏することが出来るじゃないですか」

「もしかして」

気づくと、僕もまたクラリネットを膝に置いて両手で握りしめている。

「もしかして、それを言いたかったんですか」

「ええ、それを言いたかったんです。このあいだ、ここで、『G線上のアリア』を一緒に演奏したとき、それまでとは違う何かを感じました」

「じゃあ、あらためて、こうして二人で音を合わせるということは――」

「そうすることに意味があると思うんです。なにしろ、わたしたちはもう子供の頃に戻れません。だけど、まったく違う道を歩いてきた二人だからこそ、そんな二人が音を合わせれば、わたしたちがまだ知らない、あたらしい音楽を作り出せるような気がするんです」

「あたらしい音楽と、あたらしい楽団ですね」

それはサユリさんだけではなく僕にとっても大きな希望であり、その正体が何であるか分からないまま、長いあいだ探していたものであるように思えた。

「始めてもいいでしょうか」

サユリさんがオーボエを構えている。

「ええ、始めましょう」

僕がそう応えると、サユリさんは静かに目を閉じて、ゆっくり息を整えた。

ひとときの沈黙があり、その沈黙に色を与えるようにオーボエに息が吹き込まれる。

真っ白な空間に始まりの合図の「ラ」の響きが鳴り渡った。

あとがき　大きな物語の終わりに

三つの小説を書きました。『流星シネマ』、『屋根裏のチェリー』、そして、本作『鯨オーケストラ』です。この三冊は、この順番でひとつながりの大きな物語として読んでいただいてもよいですし、それぞれ独立した一冊としても読めるようになっています。

三つの話をつないでいるのは、都会のはずれに流れているひと筋の川で、といっても、その川のあらかたは暗渠となって、人知れず地中を流れています。目に見えるかたちで流れているのではなく、物語のいちばん底に、いつでもひと筋の川が流れているのです。

表題にある「鯨」の一字は、巨大な絵画として描かれた鯨を指していたり、あるいは、鯨のように豊かな体格の人物を意味したりしています。さらには、いまは暗渠となった川に、その昔、鯨が海からさかのぼってきて息絶えたという伝説もふまえています。

いずれにしても、それは「大きなもの」で、この「大きなもの」が都会のはずれの小さな町にさまざまなかたちで投影されているのです。『鯨オーケストラ』は、三つの物語の最後ということになりますし、「鯨」ばかりか、「オーケストラ」という言葉もまた大きなイメージが喚起されます。ですから、物語を書きつづけてきた者としては、最後に、とてつもなく「大きなもの」が水しぶきをあげて姿をあらわすのではないかと夢想していたのです。

ところが、書いているこちらも、「おや?」と思うような、「小さなもの」が物語の結末を引き受けてくれることになりました。三つの物語を書き継いでたどり着いたのが、「大きなもの」ではなかったというのが、なによりの発見です。

大きくなくていいし、広くなくてもいい。

「たくさん」とか「いろいろ」といったものも、ほどほどでいい。

「だって、最初はみんな小さかったんですから」

書き終えたとき、物語の底から、そんな声が聞こえてきました。


十年ほど前のことです。ニューヨークのブルックリンで展覧会をしませんか、とオファーをいただいたことがありました。会場となるギャラリーについて訊いてみたところ、ギャラリーのすぐ横を運河が流れていて、その昔、運河に海から鯨が迷い込んできて絶命したというのです。そして、その鯨の標本がギャラリーに展示されているとのこと。結局、紆余曲折あって展覧会は開催されず、運河にもギャラリーにも訪ねる機会はなかったのですが、その鯨のエピソードが忘れられず、幻となった展覧会の代わりに、この三部作の着想を得ました。本作にギャラリーや美術館が登場するのは、そうした経緯が影響しているのです。

『流星シネマ』を書き始めたとき、この物語が三部にわたる長いものになるとは考えていませんでした。ただ、『流星シネマ』を書き終えたら、登場人物の行く末が気になり、すぐに『屋根裏のチェリー』を書いて、休むことなく、『鯨オーケストラ』を書きました。

本作の終盤で、それぞれの物語の主人公である、太郎、サユリ、曽我の三人がひとつのテーブルを囲んで話し合う場面があります。いくつかの偶然を経て出会った三人が、いつのまにか、あたりまえのようにひとつのテーブルを囲んでいるのです。そうか、この場面を見届けたくて、ひたすら書いてきたのだなと思い至りました。

読者の皆さんと一緒に長い旅をしてきた気分です。

ありがとうございました。またいつか、この町で会いましょう。

二〇二四年　春が始まる日

吉田篤弘

本書は二〇二三年三月に小社より単行本として刊行されました。

Haruki Bunko
ハルキ文庫

よ 10-

鯨《くじら》オーケストラ

著者
吉田《よしだ》篤弘《あつひろ》

2024年5月18日第一刷発行

発行者
角川春樹

発行所
株式会社角川春樹事務所
〒102-0074 東京都千代田区九段南2-1-30 イタリア文化会館

電話
03(3263)5247(編集)
03(3263)5881(営業)

印刷・製本
中央精版印刷株式会社

フォーマット・デザイン 芦澤泰偉
表紙イラストレーション 門坂 流

ISBN978-4-7584-4642-6 C0193 ©2024 Yoshida Atsuhiro Printed in Japan
http://www.kadokawaharuki.co.jp/[営業]
fanmail@kadokawaharuki.co.jp[編集]　ご意見・ご感想をお寄せください。

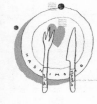

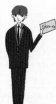